アラン・ブルーム

松岡啓子 訳

シェイクスピアの政治学

ALLAN BLOOM

Shakespeare's Politics

信山社

我々の師 レオ・シュトラウスに

SHAKESPEARE'S POLITICS
by Allan Bloom

目　次

凡例

一　人名表記は、慣例に従った。劇中の人物名は英語読み、実在の人物名は当時の読み方で記した。
二　文中の〔　〕内は、訳者の加えた注である。
三　索引は、原著索引に、読者の便宜を図って必要と思われる項目を加えた。
四　シェイクスピアの戯曲の引用は、小田島雄志訳の『シェイクスピア全集』（白水Uブックス）に拠った。

＊　本書に収録した一頁及び第1章中扉裏のシェイクスピア像の二葉は京都外国語大学付属図書館所蔵のものを、また、第2章・第3章・第4章中扉裏の画像は早稲田大学坪内博士記念演劇博物館所蔵のものより転載させていただいた。

アラン・ブルーム著　松岡啓子訳

シェイクスピアの政治学

第1章　序論——政治哲学と文学

Mr. WILLIAM
SHAKESPEARES
COMEDIES,
HISTORIES, &
TRAGEDIES.
Publiſhed according to the True Originall Copies.

LONDON
Printed by Iſaac Iaggard, and Ed. Blount. 1623

最初のシェイクスピア全集（1623年刊）の標題紙。この肖像画は、作者の面影を最もよく伝えていると言われる。

図版：京都外国語大学付属図書館所蔵

現代の大学生を見て最も目につくことは、彼らには、嗜好と想像力を育てる基準となる書物がもはや存在しない、ということである。日々の暮らしの中で問題に行き当たったり、自分の目標について考えようとする時、概して彼らは全く書物に頼ろうとしない。善悪を考えるにあたって、文学上のモデルを参照することはないのである。このような事態そのものが、最も重要な諸原則についての共通理解——そして合意——が失われつつあるという、我々の時代の特徴である、より根源的な現実を反映している。現在、英語圏の諸国民の教育において、聖書やシェイクスピアがかつて果たしていた役割を果たしているのは、主として、大衆向けのジャーナリズムや泡沫著作家の作品である。といっても、古典作家の作品がもはや読まれていない、というのではない。ひょっとしたら今までになく盛んに、また、多様な読まれ方をしているのかもしれない。だが、それらの作品は心を揺り動かさない。また、現代の若者たちの置かれた状況に語りかけていないようにみえる。学生がひとたび学問的な環境を離れると、それらの作品は彼の精神の一部ではなくなってしまうのである。その結果、若者たちが人生や人生の目標について思索する際、格調が決定的に低くなってしまっている。今日の学生は、技術的には十分な力があるものの、教養のない実利主義の俗物なのである。

国民的古典が果たしてきた、人々を教化し統合する機能——それは、ギリシアではホメロス〔Homeros, 前10～9世紀頃。古代ギリシア最大の詩人。叙事詩『イリアス』、『オデュッセイア』の作者。〕によって、イタリアではダンテ〔Alighieri Dante, 1265－1321, 詩人。『神曲』の作者。〕によって、フランスではラシーヌ〔Jean B. Racine, 1639－99, 悲劇詩人。代表作『フェードル』、『アンドロマク』など。〕やモリエール〔Molière, 1622－73, 喜劇作家。Molièreは役者としての芸名。本名は、Jean Baptiste Poquelin.『人間嫌い』、『守銭奴』など。〕によって、ドイツではゲーテ〔Johann W. von Goethe, 1749－1832, 文学者、詩人。『若きウェルテルの悩み』、『詩と真実』、『ファウスト』など〕によって果たされたものであるが——は、急速に失われつつあるように思われる。若者たちは、世界や自分自身を理解するうえで出発点となるべき基盤を持っていないし、仲間との意思疎通の核となる共通の教育を受けていない。かつてはマールバラ公〔John Churchill, 1st Duke of Marlborough, 1650－1722, イギリスの軍人。スペイン継承戦争で、対仏連合軍総司令官として数々の軍功を立てる。〕のような人間なら、自分はもっぱらシェイクスピアを読んで英国史がわかるようになった、と言えただろう。だが、今日では、一人の作家をこのように信頼するということなど、ほとんど想像もつかないのである。一冊の偉大な書物や一人の偉大な作家を絶えず参照し信頼を置くということはなくなってしまい、その結果、人生が通俗的色彩を帯びるようになったばかりでなく、社会もばらばらになってしまった。というのは、教養ある国民というのは、何が善で何が悪であるか、何が高潔で何が卑劣かについての理解を共にすることによって、結ばれているからである。

シェイクスピアは、我々さえそのつもりになれば、依然としてそのような教育の源泉となることができ、人間の徳に関するなくてはならない教訓や、高潔な人生を送ろうという正しい向上心を与えることができる。彼は我が国で伝統的に高く評価されており、その作品は我々の国語で書かれている。しかし、彼の作品を所有しているだけでは十分ではない。それは、正しく読まれ解釈されなければならないのである。高等批評家の聖書の読み方〔聖書中の諸書の著者およびその年月に対する学問的研究。聖書本文をその原文に最も近く復元し、本文批評を行なった上で、これに立脚する字義的歴史的批評を行なう。〕を基にモーセ〔Moses. 古代ヘブライの預言者・立法者。〕の宗教を再構築することができないように、新批評家流に読んだ〔文学批評は作品を作品として論ずるものでなければならないとし、作者の時代環境や伝記的事実などを排し、もっぱら作品の構成を本文の言葉に密着して論ずる。〕シェイクスピアの劇を基にして、彼の作品を道徳教育や政治教育のテキストとして利用することもできないだろう。

ロマン主義運動の勃興以来、文学の本質をどう考えるかに変化が起きており、今や、文学を自然を映す鏡であるとみなしたり、実際に何かを教えるものと解釈したりすることは、芸術の聖なる殿堂を汚すものであると考えられている。作家は何か意図を持っているわけではないと思われており、彼らの創る叙事詩やドラマは独特のもので、市民社会や宗教の基準では測れないと言われている。シェイクスピアの劇は、単なる文学作品と捉えられるかぎりでは、実生活を揺り動かす重要な諸問題とはなんら関わりのないものなのである。

しかし、シェイクスピアを素直に読めば、そこには暴君の運命、良き支配者の特性、友人関係、そして市民の義務が極めて鮮やかに余すところなく描かれているので、読者は魂を揺り動かされ、彼の作品によって人生をより良く理解するようになったことに気づく。シェイクスピアはこのようにして、いつも変わらぬ導き手、道連れとなるのである。彼の作品は、かつての聖書と同じように参照される。人は彼の眼を通して、豊かなものにされ美しく飾られた世界を眺めるのである。現在見失われてしまっているのは、この観点である。そして、シェイクスピアがあたかも何かを語ったかのように教えられなければ、彼は、これほど必要とされている――我々が最も重要な諸問題について思慮に富む見解を持つために必要とされている――現代の人々に対する影響力を取り戻すことはできない。したがって、批評の正しい役割は、シェイクスピアの教えを再確認し、アングロ・サクソン世界に対する、彼の終わることのない教育の代弁者となることである。

本書の評論は、シェイクスピアを、再び哲学的思索のテーマに、また道徳的・政治的諸問題を真摯に検討する際の公認の典拠にしようという企ての第一歩として、著されたものである。この課題は二重の意味で困難なものである。というのは、それ自体難解である、手の込んだ劇を解釈しなければならないばかりか、書かれた当時そのままの知的雰囲気を再現しなければならないからである。我々はもはや、人間や国家や文学を、かつてと同じようには見ていない。そして、シェイクスピアがそれらをどう眺めていたかを、いくぶんかでもはっきりとさせなければ、テキストをどれほど注意深く検討してもほとんど役に立たないだろう。我々には、見いだそうとするもの、自分の視野の内にあるものしか目に入らないだろう。もちろん、テキストとそれが伝えようとする事柄がもっぱら重要である。シェイクスピアの思想の源泉や、彼の思想と時代との関わりは、彼が言おうとしたことの持つ、いつまでも変わらぬ意義に比べれば、相対的にわずかな興味しか惹かない。我々が見いだそうとしなければならないのはこの彼の真意であるが、その際、時が経ったために、さらに詳しく言えば、新しい理論の流行によって我々の物の見方が、シェイクスピアが観衆に期待したものとは違うものになってしまったために、我々は彼の真意をもはや直接に知ることはできないのだということを、十分意識しなければならないのである。

本書の評論の著者は、政治哲学の教授である。ということは、現在の学問分野の区分からすると、シェイクスピア批評の部外者であることになる。我々は文学諸学科の同僚の力量に敬意を払っており、近時の学問がなし遂げた寄与も承知しているが、シェイクスピアは現代の大学のどこか一つの学科が専有すべきものではない、と強く主張したい。彼が劇を書いたのは、大学が今日のように区分される以前であり、彼が前提としている知識は、ある意味で偶然に引かれたとも言えるこの境界線に跨がっている。彼は人間を広く一般的に描き出しているので、彼の表現したものを包括的に理解する上で、文学の一学科が特権的な地位を有しているとは思われない。ルソー〔Jean-Jacques Rousseau, 1712–78, フランスの思想家。〕の『新エロイーズ』〔一七六一年に刊行された書簡体の恋愛小説。十八世紀最大のベストセラー。ルソーの人間論、政治哲学が反映されている。〕のような著作を考えてみてほしい。それは本来、哲学科、文学科、言語学科、いずれの領域に属するのだろうか。そのすべてに属しており、又、そのいずれにも属していないことは明らかである。というより、何よりも教養ある素人《アマチュア》の領域に属している、と言うべきなのかもしれないが。我々は、シェイクスピアについても事情は同じである、と言いたい。

しかし、言うまでもないことだが、我々も何か貢献できると主張するのは、ただ我々が素人だからというだけではない。我々は、政治哲学は、シェイクスピアの主人公たちが抱える諸問題を考察することができる包括的な枠組みを精緻に作り上げるのにふさわしい出発点であると、要するにシェイクスピアは極めて政治的な作家であった、と考えている。我々のこの最後の主張ほど、今日の考え方や偏見から懸離れたものはない。なぜなら、政治も哲学も文学の対極にあるとみなされるようになってきており、政治や哲学の研究者は、ある意味で、文学の真の意味を把握し難くなってしまうと考えられているからである。

近代の論議によれば、文学的なものは政治の通俗な公共的関心を超越している。芸術家は、政治的な紳士というよりも、政治に反感を持つボヘミアンに近いのである。文学を政治的に解釈する、と言おうものなら、文学をイデオロギーの具として利用しようとしているか、あるいは、マルクス〔Karl H. Marx, 1818－83. ドイツの科学的社会主義の創始者。革命家。〕やフロイト〔Sigmund Freud, 1856－1939. オーストリアの精神医学者。精神分析学の創始者。〕のような外国の学説を取り入れようとして、シェイクスピアはそれらの学説を知らずに先取りしていたのだ、と強弁しているかであり、そんなことに気をとられて、劇そのものは忘れられてしまっているのではないか、と疑われる。なるほど、近代国家の政治的前提が散文的であること、散文的であるように仕向けられていることは間違いない。そして、もし、ブルジョワジー、すなわち「暴力的な死に対する恐怖によって動機づけられている」〔ホッブズ『リヴァイアサン』第一部「人間について」第十三章「人類の至福と悲惨に関するかれらの自然状態について」参照。〕人間が政治生活の産物であるなら、文学的なものはその活動の場を他に求めなければならない。なぜなら、もっぱら利己的な情念を特徴とするそのような人間を取り扱うのは、文学にふさわしいことではないからである。だが、政治生活は、常にこのようなものと考えられていたわけではない。古典古代においては、きわめて幅広く深く高潔な情念や徳を演じることもできる舞台であると考えられ、政治的人間は文学の最も興味深いテーマであると思われていたのである。現在の政治観が不変であると考えて過去の文学の解釈を誤るというのは、少なくともありそうなことである。その場合、我々は、歴史解釈上の重大な過ち、劇そのものを虚心に研究すれば正すことのできる過ちを犯したとして、その責任を問われることになるだろう。

シェイクスピアは、ほとんどすべての劇において、政治的な設定に多大な配慮を払っており、彼が描く最も偉大な主人公たちは、もっぱら市民社会でしか発揮されない能力を発揮する支配者である。このことに気づかないとすれば、それはただ自分自身の偏見に目をくらまされているにすぎない。このことに気づけば直ちに、良い政治制度や良い支配者についてシェイクスピアはどう考えていたか、と問わざるをえない。我々は、全くひとりを好む人間よりも、政治的な情念を持ち政治的な教育を受けた人間の方が、シェイクスピアの劇を理解しやすい、と主張したい。この事実を認めることによって、彼の劇についてだけでなく、政治というものをどう考えるかについても、新しい展望が開けるのである。

政治が文学の対極にあるとみなされるのであれば、哲学はなおさらそうであると考えられる。というのは、文学は情念や心情を取り扱うのに対し、哲学は理性に基礎を置いている、と言われているからである。作家が霊感をうけた創造者であるのに対し、哲学者はただ存在するものを理解するだけなのである。これに対しては、ここでもまた、確かに大部分の近代哲学は文学をなんら考慮に入れていないように思われる、と答えるしかないが、全面的にこう言えるのか、また作家が同時に思想家でもあることは不可能なのかは、それほど確かなわけではない。

人間の本性についてあまり考えたことのない者が、人を納得させるドラマを書けるのかどうかは、いささか疑問である。シェイクスピアは劇中の人間を矛盾なく合理的に理解していたわけではない、というのは憶測にすぎない。彼の劇すべてに最終的・徹底的な解釈をほどこさなければ、実際にそうであるかどうかは論証できないだろう。リンカーン〔Abraham Lincoln. 1809－65. アメリカの第十六代大統領。一八六三年奴隷解放宣言を発した。〕のような人物が、暴政と殺人にまつわる諸問題が完璧に描かれていると思ったほどの説得力を持って『マクベス』を書くことができた男は、明らかに、政治を知悉していたにちがいない。そうでなければ、言い回しがどんなに魅力的であったとしても、その劇は、政治を知っていると自認する者を惹きつけはしなかっただろう。現代における哲学と文学の反目は我々の時代の申し子であるが、別種の哲学、すなわち人間的な事柄について道理をわけて語ることのできる哲学と、別種の文学、すなわち情念の魅力と知性の厳密さとを結び合わせることのできる文学の存在を我々に思い起こさせるのには、きわめて役に立つかもしれない。

2

シェイクスピアが作品を書いたのは、常識がまだ、作家の役割は喜びを産み出すことにあり、偉大な作家の役割は喜びを通して本当に美しいものとは何かを教えることにある、と告げていた時代であった。常識は、ルネッサンスにおいて新しい息吹きを吹きこまれた長い伝統に支えられていた。ソクラテス〔Sokrates, 前470頃－399, 古代ギリシアの哲学者。〕は、ホメロスはギリシア人の師であると言ったが〔プラトン『国家』第十巻七章606e参照。〕、彼が言おうとしたのは、ホメロスの叙事詩が、ギリシアを支配していた人々の抱く好ましい人間像を設定していた、ということである。アキレウス〔Achilleus, ギリシア神話の英雄。ホメロスの『イリアス』に歌われる。〕は正真正銘の英雄であった。そして、アレキサンダー大王〔Alexandros, 前356－323, マケドニア王。ペルシア、エジプトを征服。〕に至るまで、後世の英雄は皆、彼と栄光を競ったのである。ホメロスを知っている人間がギリシア人であった。ヘロドトス〔Herodotos, 前484頃－425頃, 古代ギリシアの歴史家。〕の言に従うならば、ホメロスはまた、ヘシオドス〔Hesiodos, 前８世紀頃, 古代ギリシアの叙事詩人。『仕事と日々』、『神統記』など。〕とともに、神々を、後の世代の人々が崇拝したような形で創造した。彼は、本当の意味で自国民の礎を築いた人間であった。というのは、彼は、彼らを他と明確に区別するものを与え、彼らが記憶されるもととなる、あの魂をつくり出したからである。このようなことをこそ、偉大な作家はなし遂げたいと願うのである。ゲーテにはこのことがわかっていた。彼はこう語る。

「偉大な劇作家は、もし、彼が創造的であると同時に、強い高尚な意見を心に抱いていて、それが全作品に一貫しているなら、彼の作品の魂を全民族の魂とすることもできるだろう。思うに、それは苦労のし甲斐のあることだな。コルネイユ〔Pierre Corneille, 1606－84. フランスの悲劇作家。『ル・シッド』、『オラース』など。〕から生じた影響は、英雄の魂をつくり出すことまでできた。これは、英雄的な民族を求めていたナポレオン〔Napoléon Bonaparte, 1769－1821. フランス革命で活躍。のち皇帝となる。〕にとって大切なことだった。だから、ナポレオンは、コルネイユについて、彼が生きていたら、王侯にしてやったのに、といったわけだ。自からの使命をわきまえている劇作家は、不断に一層高い自己発展のために精を出すべきで、そうすれば、彼が民族に及ぼす影響は、有益で高尚なものになることだろう[1]。」

ナポレオンにはよくわかっていたように、国民にそのような霊感を与えられるのは作家だけである。

文学は最も力のあるレトリックであり、政治家のレトリックが効果を及ぼすことができるような人々を形づくる点で、ふつうのレトリックの域を超えている。哲学者は、国民の心を揺り動かすことはできない。彼は、ほんのわずかな人々に語りかけるだけである。作家は哲学者の見解を取り上げてイメージに変え、最も深い情念を揺り動かし、人々を、自分でも気づかずに悟らせることができる。アリストテレス〔Aristoteles, 前384－322、古代ギリシアの哲学者。『形而上学』、『ニコマコス倫理学』など。〕が英雄の徳について述べても一般の人々には何の意味もなさないが、ホメロスがその徳をギリシア人とトロイア人という肉体をかりて表現する〔『イリアス』〕と、忘れられないものとなる。人間の真実を描き、他の人々にその真実を具現させようと願う点で、叙事詩とドラマは文学の最高の形態である。作家が政治的に高潔であれば、文学は内容と効用の両面で有意義なものとなる。文学は、それ自体の原理だけで動いているのではない。最も優れた生活者の動機と同じ目的を持つことによって、文学に生命が吹き込まれるのである。

作家は二重の課題を負っている。すなわち、表現したいと思うものごとを理解すること、ならびに語りかける対象である聴衆を理解することである。彼は、いつの世も変わらない人間の諸問題に精通していなければならない。さもないと、彼の作品は、つまらない、すぐに忘れ去られるものとなってしまうだろう。彼が語ることと聴衆の最も重大な関心事とは対応していなければならない。そうでないと、彼の作品は、技巧のみごとさを立証するものにすぎなくなってしまうだろう。偉大な作品においては、技巧はもちろん、当の芸術家の存在すら意識されないものである。手段が目的に完全に適っている、と意識されるだけである。言葉の美しさは素材の美しさの反映にすぎない。作家は素材に心を奪われるのだが、そうでなければ真の美は生み出されないのである。また彼は、聴衆にどう訴えるべきかを知っていなければならない。人物の写真からは、ふつう性格は読みとれない。性格は、めったに見られない一定の特徴から捉えられるものである。画家は、性格を表す印象という点で本質的でないものすべてを分離することができ、又、絵を眺める人の眼にその人物がどのように映るかということも理解している。その人物を実際あるがままに眺めるためには、往々にして一定の錯覚が必要である。現実感は、非現実的な媒体によって伝えられるのである。したがって、作家もまた、聴衆に如何に働きかけたらよいか、聴衆をあるがままに受け取めながら、聴衆が心に描く像を如何に変容させるか、を知らなければならない。当の聴衆は、多くのレベルから成る複合的な生き物である。作家は繊細な人々にはもちろん、単純な人々にも訴えかけ、その各々に語りかけなければならない。このようなわけで、彼の文学は、聴衆とちょうど同じように複合的なものであり、多くのレベルから成っているのである。それは、まず第一には、貴族と平民とからなる旧来の秩序に適うように、だが、より深いところでは、理解力のある者とない者とからなる自然の秩序に適うように構成されている。作家は人間を見つめ、かつ、彼らに語りかけることを通して、その特徴を掴んでいる。それ故、聡明な者は、彼の言うことをまじめに受けとめる。作家は人間について、他の芸術や科学に携わっている者には味わえない経験をしているのである。

作家は自然を模倣する者である。彼はこの世界で目にしたものを再現する。そして、彼が作家となるのは、ひとえにその世界に没頭するからなのである。彼は創造者ではない。というのは、創造者であるとすれば、無から何かを創り出すことになるだろうから。もし万一、彼が自分の内面だけを見つめるならば、からっぽな場所――ものごとの本質的な関連についての知識で充たされるよう、生まれながらに定められているからっぽな場所を見いだすだろう。優れた作家と稚拙な作家を区別するのは、ものごとをあるがままに見て、表面的なものと奥深いものを区別できるようになっているかどうか、という点である。とりわけ、文学は人間を模倣するが、この場合の人間というのは、――私が研鑽を積んでいる古典古代の伝統によれば――彼の美徳と悪徳のことである。人間の現在の姿は、彼の行ないの結果である場合が大半である。どんな人間かということは、単に彼の暮しぶりによってだけでなく、彼がどんな行動をするか――気前がよいか欲深か、勇気があるか臆病か、率直か陰険か、節度があるか不品行か――によっても明らかになるのである。これらの性質は幸福や不幸のもととなるので、常に変わらず関心を惹く。したがって、それらは、文学に特有の主題となっている。情念、感情、その他、心理的なものはみな二次的である。感情はある種の行動や、そのような行動を制御する美徳に関係づけるべきだからである。感情は、それだけで考察されるならば、形をなさないのである。嫉妬や野望は愛や政治に関わりをもち、その感情が向けられている対象や、その感情を抱いている人間によって、性質が定まる。したがって、作家の関心は主に、さまざまな種類の人間行動に向けられる。プロット、つまり、幸運や不運につながる一連の行動の物語が劇の魂であり、心理的な性向の描写を含め、他のすべてを支配するのである。

人間の美徳と悪徳は、主として政治的な観点から規定されると言える。市民社会とその法が、何が善で何が悪であるかを定め、その教育が市民を形作る。人生の特質は、人がその下で生きる政治制度の特質から決定的な影響を受ける。また、さまざまな人間類型の成長を促したり妨げたりするのも、その政治制度である。生き方の変化はどんなものであれ、政治的なものの変化を前提にしており、生き方を変化させるには、政治的なものによるほかない。人間が人間らしい潜在能力を伸ばすのは共に生活することを通じてであり、その際に共同生活の目標や取り決めを定めるのは政治制度である。さらに、人間がその最高の能力を発揮するのは、支配し支配されることにおいて、戦争と平和に関する決定においてである。支配者になる機会がない状況もあるかもしれないが、人間は政治生活から排除される程度に応じて、それだけ発達が不十分となり、満足の度合いも少ないのである。政治生活においては、ありふれた美徳がより大きな活躍の場を与えられるだけでなく、全く新しい能力が利用される。政治的なものは、人間的なものすべてを発揮できる枠組みを与える。それは、最も興味深い情念、最も興味深い人間を引き寄せるのである。それゆえ、最も完璧に人間を描きたいと願う劇作家は、たいてい政治的な主人公を選ぶこととなる。芸術上の自由があるので、彼は、歴史家よりももっと特徴をつかんで、また歴史家ほど思いがけない特性に妨げられることなく、劇中の人物をいきいきと描写することができる。

劇においては、人間の本質がこれ以上ないほど明らかにされるので、我々は、劇中の人物に自分を投影させることによって、時と所という偶然にこれほどまでに規定されている日常生活におけるよりも、自分自身をよく理解する。ある意味で、観客は、シェイクスピアの劇を見ているときの方が、真の意味で生きていると言える。私生活、すなわち生活の資を得て家族を養っていく気苦労をもっぱら舞台にのせる劇場もありうるだろうが、そういう生活以上に出ない人間には十全な人間的発達は望めないだろうし、人生のそのような見方を黙認する劇場は、そのような見方の奴隷になることを助長する道具に過ぎないことになるだろう。

伝統的なドラマ観、すなわちシェイクスピアの時代に一般的であったドラマ観について通常よくなされる説明は、以上のようなものである。シェイクスピアは、何か近代的なドラマ観に類するものを抱いていたというよりも、おそらくこのような伝統的なドラマ観を共有していたであろう。伝統的なドラマ観について彼自身あれこれ考えた上でのことだ、などと言う必要はない。こういう見方が広まっていたので、彼は自然にものごとをこういう見地から考えるようになったのだろう。しかし、実は、シェイクスピアが実際、自分の意図を練り上げ、意識して自分の政治的な知恵を作品を通して伝えようとしたことは、史劇に見られる証拠から明らかであるように思われる。これらの劇において、彼は、イングランドの政治体制がどのようなものであるか、また、それが、続く何世代ものイングランド人にどのように受け入れられ尊重されるべきかについて、道理にかなった見解を展開しようと試みたのである。彼のこの企ては成功した。というのは、イングランド人は現在、彼らの歴史とそれが表しているものとを、まさにシェイクスピアが描いたのとほぼ同様に理解しているからである。ここでは彼は明らかに政治的な意図を持っており、主として市民社会の関心事から、聴衆が何を美しいと感じ心を高揚させるかを見て取っている。これは単に、ひとつながりのみごとな物語にすぎない、と言ってよいだろうか。なるほどみごとな物語ではあるが、それはまさに、これらの物語が興味をかき立てるからなのである。シェイクスピアが史劇を一気に書き上げたのは金が必要だったからだとか、彼は学がなかったからイングランド史のきわめて重要な事実も知らなかったのだとかいうのは、筋の通ったことだろうか。それは、ジェファソン〔Thomas Jefferson. 1743－1826. アメリカの第三代大統領。アメリカ独立宣言を起草。〕は政治の原則など全く顧慮せずに、有名になりたいから独立宣言を書いたのであり、その宣言が成功を収めたのは、七月四日の演説の出来がよかったからである、と言うのに等しいだろう。

史劇についてこれほどはっきり言えることは、悲劇や喜劇についても十分当てはまるだろう。シェイクスピアの人間愛はイングランドに、またイングランド人をイングランドの良き市民たらしめることに、限られてはいなかった。基本的な人間の問題がそっくり扱われているが、シェイクスピアはそれらすべてを描こうともくろんだのであり、まずそんなことは不可能であろうが（*per impossibile*）、すべての劇をそれぞれに理解できる者がいるとすれば、彼は、重要な点でどんな生き方をするかを選び取った結果がどうなるかをあらゆる場合について見て取り、様々なタイプの善人がどんな性質を持つかを十分に理解するであろう。しかし、それを論ずるのは、この序論の役割ではない。私がこのことに触れたのは、シェイクスピアの天才の及ぶ領域が如何に広いかを示すために過ぎない。当面は、シェイクスピアは、史劇と全く同じようにその他の劇においても、政治が少なくともたいへん重要な役割を果たす、と考えていた可能性があり、また、教育的な意図を持ち、理論的かつ実践的な基本的選択肢に気づくだけの学識を有していた可能性もあることを示唆すれば十分である。

　以上の主張が正しいとすれば、政治哲学は、シェイクスピアの作品を解釈するうえで欠くことのできないものであろう。近代的批評が主張する文学の真の性質という面で、シェイクスピアがいかに過ちを犯しているとしても、彼を理解するに際しては、我々の新しいカテゴリーに押し込めようとするのではなく、彼自身の枠組を使わなければならないだろう。いずれにせよ客観的であろうとするなら、何よりもまず著者の自己理解を尊重することが必要となる。そうしなければ、その作品は、我々が彼の作品から作り上げたものに他ならなくなってしまう。シェイクスピア批評における政治哲学の役割は、劇のなかで描かれた情念の行き着く先を筋道たてて説明することにあるだろう。セクスタス・ポンピーアス〔『アントニーとクレオパトラ』の登場人物。モデルとなった実在のセクストゥス・ポンペイウス（Sextus Pompeius, ～前36/5）は、カエサルのライバルであった、大ポンペイウスの子。〕が、客を殺害して全世界の皇帝となるか、礼儀を守って自分自身が殺されるか、という選択を迫られたとき、我々は、政治的道義という古典的な問題――『アントニーとクレオパトラ』に詳しく正確に描かれているが――に直面する。我々はそれをあるがままに認めなければならず、さらに、支配欲を持つ人間について、また、この欲望が彼らに何をもたらすかについても知らなければならない。これらの問題は、もっぱら哲学的な議論において展開されるので、その点で我々政治哲学者は、シェイクスピアがひな型を示してくれる諸問題を明らかにする手助けができるのである。今日、政治哲学史はとりわけ必要とされている。というのは、政治的・道徳的な現象について考えられるさまざまな解釈を直接に知ることはできず、シェイクスピアが我々に提示しているものを最も適切に説明してくれる解釈を捜し求めなければならないからである。

シェイクスピアの劇の舞台は、多くの国々に、また歴史上の様々な時代に設定されている。このことは、彼の教えを研究する際のよい手掛かりである。というのは、国が様々なら、そこで人々に奨励される美徳も様々だからである。時と所を特定してしまうと、そこであらゆる種類の人間を見いだすというわけにはいかない。異教とキリスト教との違いだけでも、人々の関心の抱き方に重大な影響を与えるものである。様々な可能性を提示するためには、典型的な人間を彼らが活躍できる環境に置かなければならない。シェイクスピア劇の時と所は、主人公たちの抱く特有の関心を明らかにする目的で選ばれたのである。オセロー〔『オセロー』の登場人物。ヴェニス公国に仕える高貴な家柄のムーア人。〕やシャイロック〔『ヴェニスの商人』の登場人物。金持ちのユダヤ人。〕が潜在能力を行動に表わすことができたのは、ヴェニスにおいてだけであった。彼らは外国人であり、ヴェニスだけが彼らに自由と居場所とを提供したのである。ただローマにおいてのみ、政治的野心が、他の目標によって勢いを削がれずにどんな成り行きを辿るかを目にすることができた。すべての時代、すべての国の、各々に典型的な問題は何であるかを知ろうと努めながら、劇の設定をプロットと関係づけて研究しつつ一生を過ごすのは、張り合いのあることであろう。そして、その際には、シェイクスピアの理想の人間像と、個々の生活様式の長所、短所とを区別することになるだろう。批評、それも、グラウコンとアデイマントス〔二人とも、プラトンの兄。プラトン『国家』の登場人物でもあり、正義とは何か、とソクラテスに尋ねる。〕とがかつてソクラテス〔前出。問答によって相手の無知を自覚させる方法をとり、普遍的真理の存在を主張した。〕に提起したような問い〔プラトン『国家』第二巻一章―九章参照。〕――我々はいかに生きるべきか、支配者や作家であるのが最も望ましいのか、王を殺害することができるのか、愛のためには両親に背くべきだろうか等、際限ない問いをシェイクスピアに投げかけるナイーヴな批評が、何代にもわたってなされることが必要なのである。

シラー〔J.C. Friedrich von Schiller, 1759–1805, ドイツの詩人・劇作家。代表作は、『群盗』、『ワレンシュタイン』、『ヴィルヘルム・テル』など。〕は、近代は、一方で抽象的な科学、他方で洗練されない情念という特徴を持ち、しかもこの二つの間には何の関わりもない、と指摘した〔1〕。自由な人間と善良な市民においては、情念と知識とが生まれながらに調和しているはずである。分別のある人（*a man of taste*）とはこのような意味であり、今日育て上げるのが困難に思われるのは、このような人物なのである。我々は、道徳的な現象を理解しない政治学は未熟であり、正義に対する熱情によって霊感を与えられていない芸術作品は取るに足らないものであることに気づいている。シェイクスピアはこれらが分化する以前に作品を書いたのであるが、我々は、彼が知的明断さと力強い情念とを併せ持ち、彼にあってはその二つが互いに侵食し合ってはいないことを感じ取る。もし我々がしばらく彼とともに生きるならば、あるいは人生の十全さを取り戻し、失われた一体性への道を再発見できるかもしれない。

第一章［注］

（1）Johann Peter Eckermann, *Conversations with Goethe*, April 1, 1827.（エッカーマン『ゲーテとの対話(下)』（山下肇訳）、岩波文庫、一九六九年、128ページ）。

訳注

〔1〕Friedrich Schiller、*Über die ästhetische Erziehung des Menschen, in einer Reihe von Briefen*, 1795（『人間の美的教育について――一連の書簡として』）の第六書簡、参照。内藤克彦『シラーの美的教養思想――その形成と展開の軌跡』（三修社、一九九九年）、187ページ参照。

第2章　キリスト教徒とユダヤ人について――『ヴェニスの商人』

VENICE

COURT OF DUCAL PALACE

上図はヴェニスの風景。下図は公爵の宮殿の中庭。
15、16世紀のヴェニスは東西交易の中心地であり、
活気に溢れた国際都市であった。

図版：早稲田大学演劇博物館所蔵・資料番号 M60-7-23
The Merchant of Venice

ヴェニスは、色彩と多様性に満ちた美しい都市である。今日まで、それは、この都市を知る人々にとって、エキゾティックなもの、心を躍らせるものの象徴と思われている。つまり、ヴェニスは、海に近いことが力を添えているように思われるあらゆる自由のある、また冒険や利得を期待してその岸辺にやって来た、様々な国、人種、宗教の、様々な種類の人々がいる港なのである。ヴェニスの富裕な商人たちは、東洋と西洋――この都市が双方の結び目であったのだが――の様式を結び付け、この都市をロマンティックな趣に贅沢に飾りつけた。これにイタリアの太陽と人々の魅力を付け加えれば、今も変わらず喜びと幸せを夢みる舞台である、この都市の様がわかるだろう。

シェイクスピアは、ヴェニスを舞台とした二つの劇、『オセロー』と『ヴェニスの商人』において、ヴェニスの雰囲気をみごとに捉えている。この上なくエキゾティックな主人公たちを描くのに彼がこの場所を選んだのは、不思議ではない。オセローとシャイロックは、彼らの活動の舞台にとって、また彼らが前にしていた聴衆にとって、最も異質な人物である。ある意味で、この二人の男――彼らは通常なら、単に憎悪と軽蔑の対象にすぎなかったであろう――をその魂の強さゆえに忘れ難い人間に仕立て上げたのは、二つの劇におけるシェイクスピアの功績である。ヨーロッパ文学において初めて、これほど異質な人間についての力強い性格描写がなされたのだ。シェイクスピアは、自分の共感の幅が広いことを証明する一方で、聴衆に拭い去ることのできない印象を与えた。この男たちを好むと好まざるとにかかわらず、今や観客は、彼らが人間であって、この上なく卑劣な情念をぶつけても咎められることのない物ではないことを知ったのである。ヴェニスは、様々な種類の人間が自由に交わることができる場所であり、当時、最も寛容な都市として世界中に知られていたので、シャイロックとオセローに完璧な行動の舞台を提供した。同じ暮らしぶりをすることは決してできないだろうと一般に考えられていた人々が、この都市では調和して共に生活していると思われていたのである。

しかし、シェイクスピアはヴェニスを、その美と有望さから予想される輝かしい色彩では描いていない。オセローやシャイロックのことを考えると、彼らの陰惨な宿命が思い起こされるばかりである。私が思うには、どちらの場合も、彼らの不幸な運命の幾分かは彼らが異質であることの結果であった。言葉を換えれば、ヴェニスは彼らに対して、人間が、白人と黒人、キリスト教徒とユダヤ人、ヴェニス人と外国人としてではなく、人間として生きることができる社会である、という約束を果さなかったのである。何故シェイクスピアがヴェニスをこのように描いたのかを理解するために、我々はしばらく一六、一七世紀の啓蒙された人々にとって、ヴェニスがどのような意味を持っていたのかを考察しなければならない。

　ヴェニスは共和国――そのような政治組織としては、当時の数少ない成功例の一つ――であった。数百年間、独立を保ってきており、かなりの市民が積極的な役割を果たすことができる、秩序ある統治形態を持っていた。繁栄していて、規模が小さいにもかかわらず、帝国風の野望を抱くことができるほど強力にさえなっていた。ルネッサンスの間ずっと、思慮ある人々の間では共和主義的精神の復活が見られた。ローマ共和国の崩壊以来、政治生活の正しい慣行がすたれてしまっている、と考えられたのである。どのような理由にせよ、政治的なもの――それは人間の尊厳を保つ条件であるが――は人々にとってどうでもよいものとなっており、彼らは君主制に甘んじていた。自治の結果もたらされる独立心と誇りとは消え去っていた。古代の人々が称賛した政治的な美徳は、発揮される機会がなく衰えていた。このような見解はマキャヴェリ〔Niccolò Machiavelli, 1469－1527, イタリア、フィレンツェの政治家・歴史家。『君主論』など。〕が最も徹底して展開したものだが、多くの卓越した思想家に共通するものであった。それにもかかわらず、公共心のある人々は、近代においても共和国存立が可能であることを示す実例をも捜し求めたが、ヴェニスはそれに最もふさわしいものであった。一六世紀末から一七世紀中頃まで、ヴェニスは、近代における良き政治秩序のモデルとして絶えず称賛され書き記された。そのようなモデルとして、ヴェニスはアムステルダムに先んじており、――アムステルダムの最も著名な代弁者のうち、二人だけ名前を挙げるならば――ハリントン〔James Harrington, 1611－77. イギリスの政治思想家。『オシアナ共和国』。共和主義思想の宣伝に努めた。〕とスピノザ〔Baruch de Spinoza, 1632－77. オランダの哲学者。主著『エチカ』、『神学・政治論』。〕は、彼らの教えを著した労作において、ヴェニスを大いに参考にしたのである。実際、ヴェニスは近代国家であって、それゆえ多くの決定的な点でローマとは異なっていた。ヴェニスが近代の理論家にとって極めて興味深いものであったのは、このような点においてである。なぜなら、それは、彼らの中心的な諸問題に対する一つの解答を与えるように思われたからである。

　共和主義が好まれると同時に、聖書の宗教〔ユダヤ教とキリスト教〕がいささか軽視されるようになったが、それはひとつには、その彼岸性が政治的なものに対する無関心の源であると思われたからであり、またひとつには、それが、宗教戦争や宗教裁判のような出来事において噴出した宗教的狂信の根源にあったからである。このような宗教的な献身が人々を政治的な関心から遠ざけ、見解の相違のゆえに分裂させるのだ、と信じられた。近代の共和主義は、この宗教的な問題を克服しなければならなかった。すなわち、人々を、来世よりもむしろ今この場所に結び付けなければならなかった。国家は、甚だしく異なる信仰を持つ人々を安定した秩序に包摂しうるために、寛容にならなければならなかった。これは、直接にではないものの、古代の政治思想が提出した問題であり、それを解決している点が、後世の政治思想の最もきわだった特徴なのである。人々の関心を、宗教的な献身を凌駕しうるものに向けることによって初めて、教義やその非妥協性が指導的な役割を果たさない生活様式を打ち立てることができるだろう、と信じられた。寛容な物の見方をするように人々を教育したり、既成の宗教を論破することによってその力に打ち勝ったりすることができるとは、考えられなかった。唯一の方法は、人々の熱烈な興味と関心を、宗教に劣らず力強く人々を惹きつける別の対象に取り換えることであった。

そのような対象は、利得を求める抜け目のない欲望のうちに見いだされることとなった。営利を求める精神は、人々の狂信を和《やわ》らげる。金銭を最も大切に思う人々は、おそらく十字軍遠征には参加しないだろう。ヴェニスは何よりも商業都市であり、実際、他のどの都市よりも、様々な人々を一か所に集めることに成功していた(1)。シャイロックがヴェニスに住んでいるのは、ヴェニスが事業のための危険投下資本《ヴェンチャー・キャピタル》を必要としているからであった。法律であるというだけでは尊重されなかったであろう法律が遵守されたのは、それが、この都市の繁栄の礎であったからである。かの商人自らがこう言っているように。

公爵といえども法をまげるわけにはいかんのだ、
たとえ よそものでも このヴェニスではわれわれと同じ
権利を与えられている、もしそれが否定されれば、

この国に正義はないと非難されてもしかたあるまい、
わがヴェニスの貿易も利潤も、そのもとにあるのは
世界じゅうの国民なのだから。(2)

ヴェニスのユダヤ人は、一五、一六世紀には富裕であり、十分な法的保護を受けていた。ヴェニスのユダヤ人共同体は、四散状態《ディアスポラ》にあるユダヤ人共同体としては、比較的に特権を与えられていたのである。(1) アントーニオ〔『ヴェニスの商人』の登場人物。ヴェニスの商人。〕に対するシャイロックの要求はもっぱらその法に基づいているのであり、彼はそれが商業に根ざしていることを十分に承知している。ヴェニスは、新しい政治思想のモデル都市であった。寛容で、ブルジョワ的、共和主義的だったのである。政治的な問題のこのような解決の仕方は西洋で支配的となったものであり、我々にとってこの上なく馴染み深いものである。

したがって、この都市についてのシェイクスピアの見解を吟味するのは、我々の義務である。そこには、今日一般的に受け入れられているものの萌芽が含まれているのだから。既に述べたとおり、シェイクスピアは実際、この都市を舞台に、互いに異質な人々の関係について見解を披瀝している。これが、ヴェニスを舞台とするこの二つの劇を結び付けるものである。シェイクスピアは、ヴェニスの実験的試みに根ざす期待を理解してはいたが、彼が描く主人公達の宿命が示しているように、その

試みが成功する見込みについては悲観的であった。こう言ったからといって、ヴェニスが象徴しているものを是認していなかったというわけではないが、彼は、法の取り決めが人間にどのような結果をもたらすかを理解しようと努め、このように似通ったところのない人物間の友情は、不可能でないにしても非常に成り立ちにくいということに気づいたのである。法律だけでは十分ではない。法の下で生きる人々にも、立派な気質がなければならない。シェイクスピアは魂の深みをかつてないほどみごとに描いており、彼の、神のごとく非凡な洞察力を通して、我々は、人間の同胞愛の前に立ちはだかる困難なことがら――現実に存在し、信心深い説教では取りのけられない困難なことがらを視野に捉えることができるのである。

2

シャイロックとアントーニオはユダヤ人とキリスト教徒であり、信仰を異にする結果、不和である。長い歴史を持つ偏見のためにお互いを誤解しているわけでも、啓発すれば敵愾心を正すことができるわけでもない。むしろ、彼らの現実の世界観、すなわち人生で最も重要なものは何かについての理解があまりにも正反対なために、どんなにしても決して合意には達せられないのである。同一の人々との関わりで同一の場所で向かい合うと、彼らは必然的に争わざるをえない。誰にどんな条件で金を貸すべきかについての見解の相違は、この全面的な対立が最も表面化したものである。彼らの敵愾心を取り除こうとするなら、おのおのの信仰——魂のまさに奥底から発して高みに達するあの信仰——を取り除かなければならないだろう。言葉を換えて言うなら、彼らのあり方を変えなければならないだろう。なぜなら人間は、何を最も重要であると考えるかによって、最も本質的に規定されるものだからである。ヴェニスの法は彼らに一時的な休戦を強いることはできるけれども、いつでも決定的な段階で争いが再燃するだろう。そして、それぞれが、その法の精神を破壊しようとするだろう。というのは、彼らはそれぞれ、片方が都市の内部で一般化されれば、もう一方は成り立たなくなるような、異なった生活の仕方をしているからである。彼らには共通の土俵がないのである。

しかしながら、アントーニオとシャイロックは、単に互いに異なった人間というだけではない。当を得ているかどうかはともかく、シェイクスピアは彼らを類型として、つまりユダヤ教とキリスト教を代表する人物として描いているのである。彼らはそれぞれ、自分の信仰の原理に従って行動する。彼らが互いに異なっているのは特異な人間だからではなく、互いの原理が対立しているからである。そしてその原理は彼ら自身のものではなく、それぞれの宗教から引き出されたものなのである。もちろん、我々は、彼らが礼拝している純粋な姿を目にするわけではない。彼らは私的、政治的生活という堕落した世界で行動する。だが、我々は実際、彼らの原理がそのような世界にも及んでいるのを目にする。アントーニオとシャイロックはそれぞれ、彼らが祖先から受け継いでいるもののひな型として描かれている。それぞれが、聖書の著名な登場人物のパロディーでさえあるのだ。といっても、聖書に描かれたとおりの姿ではなく、ヴェニスという舞台に置かれたならばこうであったろう、という姿ではあるが。シェイクスピアは、どちらの人物についても、その真実の姿は考慮に入れず、外観を考察している(3)。

シャイロックは、法を尊重し遵守することが、きちんとした生活を送る条件であると思っている。劇中、彼が終始訴え要求するのは法だけである。従って、正しさが善の基準である。一生を通じて法を一点一画まで遵守するなら、成功を収め人間らしい生活を送ることになるのである。その他のことに頭を悩ます必要はない。正義とは合法性である。シャイロックはモーセの息子なのである。さらに、ある種、実際的な気質がこれに伴っている。シャイロックは多分に現世的である。金は快適な生活を守る堅牢な砦であるが、それは楽しんだり上品な生活をするためではなく、家族と家庭のためなのである。乞食は卑しむべき人間であるが、おそらくは正しい生活をしていなかったのだろう。この地上は人間が住むところであり、そこでは正義と不正は、それぞれ報酬と罰という報いを受ける。きちんと真面目に生きるのが人生のきまりであり、各人はそのきまりに従って自分の力で生きてゆくのである。一種の不屈さ、そして広範な思いやりが欠如しているのが、彼の特徴である(4)。

さらに、法が触れていない事柄について抜け目なく振る舞うのはまったく正当であり、望ましいとさえ言える。この地上で立派に生きてゆくためには、いくらかの資産がなければならない。そうでないと人生は惨めである。人間の本性を考えると、注意深くしていなければ、当然自分のものであるはずのものも失いかねない。シャイロックのモデルは、相続権を手に入れるために父を欺かなければならず、またラバンから公正な労賃を得るために策略を弄したヤコブ〔旧約聖書「創世記」中の人物。父を欺いて相続権を手に入れ、兄の怒りをかって伯父ラバンの下に逃れる。〕である。(5) そういうわけで、彼は金貸しをしている。彼は人を騙しはしない――窮状に乗ずるだけだ。仕事や楽しみのために金が入り用なら、シャイロックが持っているものを利用することができる。シャイロックはその人間やその人間の利益には関心がないが、その人間の利益を図ることによって自分自身、利益を得ることができるのである。彼の行いは高潔でもなく気前よいとも言えないが、不正というわけではない。バッサーニオ〔『ヴェニスの商人』の登場人物。アントーニオの友人で、ポーシャへの求婚者。〕の道楽や良縁を得ようとする望みに、何故彼が心を煩わさなければならないのだろう。他人の悪行のために自分の思いやりや資産を無駄にするなど、愚かなことではないだろうか。シャイロックは「神聖なわが家」で娘とひっそりと暮らしており、このような暮らしぶりは、彼の抜け目の無さと抜け目なく稼いだ金とで守られているのである。

その反対に、アントーニオの生活はすべて、気前のよさと仲間に対する愛の上に築かれている。彼にとって、法は、非妥協的で相手が誰かに関わらず一律に適用される点で、人生の導き手としては不適当である。だからといって法を無視すべきではないが、法は最低限の条件にすぎない。公平と慈悲心は正しさよりも大切な美徳である。アントーニオには金がある。しかし、それは彼自身の楽しみのためというより、むしろ友人のためのものなのである。彼は金を貸すが、利得のためではない。この地上の生活は儚《はかな》いものにすぎず、他人が幸福になるのを目にするときになにがしかの魅惑が感じられるだけである。アントーニオは悲しい気分であり、人生は彼にとってあまり意味を持たない。人生は舞台にすぎず、我々の行動はより大きな流れのなかでしか意味を持たないのである。アントーニオは友人をどれほど愛しているか証明するためなら、彼のために本当に喜んで死ぬ。冷静な計算は彼にはできない。彼は守れない約束をするけれども、やがて入港することになっている船をあてにしているのである。あのユダヤ人の自制と冷酷さは、彼にはない。彼はすべての人に思いやりを注ぎ、彼らに好意を持たれることを切に願うのである。彼は全く感傷的だ。彼には家族がなく、彼の家庭の話は何も聞こえてこない。彼は独身なのである(6)。

アントーニオとシャイロックは、互いに理解し合えない者として描かれている。アントーニオが近づいてくるのを目にして、シャイロックは、「なんだ、あいつ、まるで神様にごますった収税吏って面だ！」と言うが、そこには、自分の正しさを誇り、収税吏が主の前にへりくだるのを軽蔑する福音書のパリサイ人の心情がこだましている(7)。アントーニオの方は、キリストに倣って取引所から金貸しを追い払ってきた。彼はシャイロックに唾を吐きかけたことがあるが、それというのも、慈悲心という基本的な原理を否定する人間には、思いやりを及ぼすことができないからである。(8) これが限界なのだ。人間としてあらゆる点で異なっているので、どちらも相手をどんな意味でも人間とみなすことができないのである。共に生きるようにと言うのはたいへん結構だが、何か二人が対立するようなことがあれば、彼らはきっと争うにちがいない。一方が用心と思うものを、他方は強奪と考える。一方が親切と思うものを、他方は吐き気を催すような感傷と考える。同一の対象が違ったものに見えているのだから、中間の立場はない。常識が彼らを和解させることはありえないのである。二人が融和することがあるとすれば、一方が他方に屈伏するしかないが、そんなことは、信念はともかく、少なくとも誇りが許さない。しかし、この二人の男は互いを必要としている。彼らは金によって結ばれているのである。アントーニオはシャイロックから金を借りなければならない。彼らは契約を結んでいるが、それは確かな信頼によって結ばれた契約ではない。

このあまり滑稽とは言えない喜劇において、最も愉快な人物は道化のラーンスロット・ゴボー〔『ヴェニスの商人』の登場人物。シャイロックの召使い。〕である。彼がこれほど愉快である大きな理由は、アントーニオの世界とシャイロックの世界に同時に生きようとする人間のおかしさを象徴している点にある。あらゆることがあまりにも異なっているので、彼は逆立ちと直立とを同時にしたいと思っている者のようである。彼はあのユダヤ人の使用人であるが、良心は彼に、あのユダヤ人は悪魔だと告げる。そこで彼はユダヤ人のもとを去りたいと思うが、良心は彼に、義務を果たさなければならないと告げる。道徳的指針を与えてくれるあの大切な良心が、立去ると同時に留まれと命ずるのである。ラーンスロットはすっかり途方に暮れてしまう。結局彼は、ただ一つ確実にわかっているもの、つまり自分の胃袋の要求に従う。シャイロックがけちなので、彼は空腹になっているのである。また、バッサーニオはきれいなお仕着せをくれるが、それはあの質素なユダヤ人の家庭では思いも寄らない物である。これほどはっきりと異なった人間どうしの関わりを律することのできる道徳的行為の規則は、存在しないように思われる。ラーンスロットはジェシカ〔『ヴェニスの商人』の登場人物。シャイロックの娘。〕の改宗について彼女と話し合うなかで、事態の逆説的性格を明るみに出す。彼が言うのには、彼女は、彼女の父が彼女の父でなくならなければ救われない。しかし、あのユダヤ人の娘であるという罪が除かれても、彼女は母の不義という罪を受け継ぐことになるだろう。彼女は、罪を受け継げば地獄堕ち、受け継がなくても地獄堕ちである。その上、改宗は豚肉の値段を上げるので〔ユダヤ教徒には、カシュルート（Kashrut, 適正食品規定）によって不潔と定められている豚肉を食べることが禁じられているが、キリスト教徒は自由に食べられる。〕、ラーンスロットは胃袋経済上の理由で改宗には反対なのである。(9)

シャイロックは、キリスト教徒の共同体の中で生活しているのだが、キリスト教徒と関わる際の原則を次のように述べる。「おれはあんたらと売買はしよう、話もしよう、歩きもしよう、そのほかたいていのことはしよう、だがあんたらと飲み食いするのはごめんだ、お祈りするのもごめんだ。(10)」自分にとって最も大切なことを、彼は隣人と共にすることができない。何が最も大切かについて意見が一致しないとき、その人々は共同体を構成するとは言えない。『オセロー』は、同化しようとして失敗した男の物語である。『ヴェニスの商人』に見られるのは、同化を拒否した男の魂である。彼はその結果、信用されず憎まれる。彼はその仕返しをし、彼の魂は毒されるのである。

3

シャイロックは自分の原則とひとつの妥協をする。バッサーニオ宅での正餐に出向くのである。その罰は速やかに訪れ、苛酷である。正餐のあいだに、彼は娘だけでなくかなりの額の金も失うのである。彼がこの上もなく大切に思ってきたあらゆるものがなくなってしまった。彼は復讐しか念頭にない怪物になる。もはや彼を導くのは原則ではない。というのは、彼は法に背くことによって、自分の原則に背いてしまったからである。彼には、このひどい行いの手筈を整えたのはアントーニオだとしか考えられない。見たところアントーニオは、何も知らなかったようなのだが(11)。シャイロックは、誰も自分を愛していないこと、自分の悲しみは他の者たちの喜びなのだということを悟る。これほど徹底した屈辱はありえないだろう。尊厳ある人間として、彼は自分と同じ苦しみを他人に味わわせることしかできない。他の人々は彼を人間のうちに数えないできたのだから、その考えは正しかったのだ、と彼らに示そうというのだ。これまで彼は、辛辣ではあったものの、信仰を実践し家庭を楽しむことのできるささやかな生活をしていた。今、こういうものは皆なくなってしまった。激しい怒りの奥底にはある種の威厳があるとはいえ、彼はぞっとするような人間になってしまう。彼は強い印象を与えるが、それはもっぱら彼の中にある否定的なものから発している。許しても軽蔑されるだけだとしたら、どうして許すことができるだろうか。愛されることができないとしても、少なくとも恐れという形での敬意を獲得することはできる。しかし今、彼の生活は、彼が憎んでいるキリスト教徒への対応だけになってしまった。それ自体の確固とした内容がないのである。こう描写することによって、シェイクスピアは、ユダヤ人は一つのこの上なく重要なものを失ってしまい、彼らの法の空虚な形式だけを守り続けてきたのだ、というキリスト教徒の非難を、ある程度正当化している。

　シャイロックは滑稽な人物ではない。劇中には、彼本人が嘲笑の的になる場面設定は見られない。なるほどキリスト教徒役のなかには彼を滑稽に思う者もいるけれども、これはシェイクスピアが彼らと意見を異にする証拠となるにすぎず、シャイロックのみならず彼らを批評するものともなっている。シャイロックはサリーリオとサレーニオ〔二人とも『ヴェニスの商人』の登場人物。アントーニオとバッサーニオの友人。〕の眼には極めて滑稽に映るので、彼らは、彼が、自分のダカット金貨、自分の娘、自分のダカット金貨を求めてかなきり声をあげるのを茶化す[12]。シャイロックは、かつてたいていのユダヤ人が非難されたと同様に、物質主義、ものごとを正しく識別するのを不可能にする物質主義のかどで非難されるのである。シャイロックの行いはこの非難を裏付けるが、それが不名誉なわけではない。既に述べたように、彼にとって人生は現世的なものであり、彼の金は彼の存在と本質的に結び付いている。娘に対する愛情は、彼女が彼の血肉だという事実に基づいている。[13] いわゆる精神的な絆は彼には存在しない。彼が持っているあらゆるものは、彼の体と同様に密接に彼に属しているのである。精神と物質の区別はない。他の結びつきを欠いた、魂だけの関係はありえない。したがって、普遍的な人間性というものは排除される。血縁関係が愛の源泉であるから、彼が本当に愛するものは、自分の家族と自分の「聖なる民族」なのである。

娘と金の件についてのテューバル〔『ヴェニスの商人』の登場人物。シャイロックの友人であるユダヤ人。〕との話し合いで、なるほどシャイロックは、彼を物笑いの種にする者たちが指摘する心情を実際に披瀝しはするものの、その心情は彼らの言葉とは随分ちがってみえる。[14] 彼は、娘が耳に宝石を付けて死んでいるのを見たいと言う。我々は歪んだ心情に衝撃を受けるが、娘が金以上に彼の一部であること、つまりこれが彼の喪失の深さの表現であることにも気づく。ジェシカはもはや彼のものではない。今や彼が頼れるのは自分の金だけなのである。彼女は法を破り彼に反抗したのだ。彼女はもうこの世にいないのだから、彼は彼女を忘れなければならない。なぜなら、彼女は彼にとって、ただ忠実であるかぎり、人間として存在したのだから。これはつらい掟であるが、この掟に従うのにはどれほどの情熱と克己が必要かをみれば、この掟がシャイロックにとって持つ意味を測ることができる。もしジェシカが囲いに留まっていたなら、囲いを離れたとき激しく憎悪されたのと同様に、激しく愛されたであろう。シャイロックの娘は彼にとっては死んでしまっているが、彼の一部も死んでしまったのだ。シャイロックの心の奥に潜む気持ちは、彼が妻に与えたトルコ石〔原著の誤りと思われる。３幕１場「あれはおれのトルコ玉だった、死んだ女房のリアがくれたものだった、結婚する前に。」参照。〕をジェシカが猿と交換してしまったと聞いたときの、彼のみごとな返答に窺われる。「荒野を埋めつくすほどの猿の大群とだって交換できるもんか(15)」。これは感情を抑制するのに慣れた、だがそれだけに深い言いようのない心情を持った男の表現である。それはアントーニオの溢れんばかりの愛の表現とは異なっているが、実質は相等しいのではないだろうか。『ヴェニスの商人』の最もよく引用される台詞は、シャイロックの苦境をなによりもよく示す、次の台詞である。

「おれがユダヤ人だからだ。ユダヤ人をなんだと思ってやがる？　ユダヤ人には目がないか？　手がないか？　五臓六腑が、四肢五体が、感覚、感情、情熱がないとでも言うのか？　キリスト教徒とどこがちがう、同じ食いものを食い、同じ刃物で傷つき、同じ病気にかかり、同じ薬でなおり、同じ冬の寒さ、夏の暑さを感じたりしないとでも言うのか？　針を刺しても血が出ない、くすぐっても笑わない、毒を飲ましても死なないとでも言うのか？　だからおれたちは、ひどいめに会わされても復讐しちゃあいかんとでも言うのか？　だが、ほかのことがあんたらと同じなら、この点だって同じだろうぜ(16)。」

シャイロックは人間の普遍性に訴えて自分を正当化する。このどぎついが人を感動させる訴えの背後には、黄金律〔キリスト教倫理の原理。「マタイによる福音書」7章12節「人からして欲しいと思うことのすべてを人々にせよ。」を指す。〕を実践してほしいという切なる願いがある。互いが同じであると認め合って初めて、人間は人間として共にいられる。そうでなければ、彼らは互いに異なる種に属する生き物のようなものであり、類似しているのはただ復讐するという点だけになってしまうのだ。しかし、悲しいことに、シャイロックが、自分は自分を苦しめるキリスト教徒と対等であるという主張の基礎にしている類似点のリストを見ると、そこに含まれているのは身体に属する事柄だけであることがわかる。彼がキリスト教徒とユダヤ人の共通点としているものは、本質的にすべての動物に共通しているものなのである。リストにある唯一の精神的要素は復讐である[17]。ソフィスト〔sophist. 前五世紀頃、主としてアテナイで法廷弁論・修辞学などを教えることを職業とした人々。〕のアンティポン〔Antiphōn. 前430頃。『真理』『協和』の著者。万物の尺度は自然であり、法律以前の状態は万人平等の世界である、と考えた。(『真理』)〕と同様に、シャイロックは、人間の同胞愛は最も低次の共通の特徴がありさえすれば生じるのだと主張するが、その共通の特徴は実際極めて低次のものである。つまり、身体である。魂のより高次な部分はすべて取り去らなければならない。なぜなら、それは善いものと悪いもの、すなわち美徳と悪徳についての人々の見解や信念を表しているからである。このような見解や信念を人間は共有しない。このような信念は、人間どうしを敵にするのである。シャイロックはすべての人間が認めることのできる人間らしさに訴えるが、そうすることによって、高潔な人間なら誰でも最も大切であると考えるものを度外視せざるをえないのである。

シャイロックはユダヤ教の側に立っており、彼の人生が意味を持つのはこのことのゆえであって、食べたり飲んだり感じたりするからではない。彼に敵対する人々の人生においては、キリスト教が同様の役割を果たしてきた。一体になるためには、彼らのあり方を変えなければならないだろう。高い次元における敵対する多様性か、獣の次元における共通の人間性――善の本質をどう考えるかに無頓着だからこそ成り立つ共通の人間性――か、どちらかを選ぶことになるように思われる。『ヴェニスの商人』中の四つのユダヤ人の名前は、「創世記」の連続する二つの章、すなわち十章、十一章から採られているように思われる。十一章のテーマはバベルの塔〔旧約聖書にある伝説の塔。バベルの町の人々は、天まで届く塔を建てようとしたが、神がその傲慢を怒り、言語を混乱させて建設を失敗させた。〕である。ことによると、これもシェイクスピアが言いたかったことなのかもしれない。「さあ、われわれは下って行って、そこで彼らの言葉を乱し、互いに言葉が通じないようにしよう。」人間がばらばらなのは、神の摂理のなせる業なのである。(18)

4

シャイロックが初めから、できれば一ポンドの肉を厳しく取り立てようともくろんでいたかどうかはともかく、ジェシカを失ってから、彼の希望は法の範囲内で復讐を遂げることに尽きた。ポーシャ〔『ヴェニスの商人』の登場人物。金持ちの女相続人。〕がいなかったら、シャイロックとアントーニオのドラマは悲惨な結末に至っていただろう。ポーシャと他の二人の主要人物とは鮮やかな対比を成しており、ベルモント〔『ヴェニスの商人』で、ポーシャ邸のある、大陸の地名。〕とヴェニスの雰囲気の相違は顕著である。ポーシャは、陽気な愛、満足、巧妙さ、そして何にも増して、ヴェニスには全く欠けている常識を携えてくる。ヴェニスで憎しみの場面が展開されている一方で、ベルモントでは、ポーシャが愛――バッサーニオに対するアントーニオの精神的な愛という意味ではなく、男と女の間の官能的な愛という意味での愛――の饗宴の主人役を勤める。ポーシャはこのベルモントという世界の主人であり、彼女自身の満足がこの地の最高の法なのである。彼女はなんら主義というものを持たず、自分の目的を達するためなら喜んでどんな素振りもする。彼女は支配する、しかも自分のために支配するのだが、その一方で、礼儀正しく正義にかなっているという体面を常に保つのである。ベルモントは美しく、そこで我々は感覚の王国に足を踏み入れる。そこは異教的で、だれもが皆、古典古代の言葉づかいで話す。そこでは宗教は利用されるものにすぎず、ムーア人のための礼拝堂すらある。ベルモントでの会話のテーマや流行している思想の源泉は、古代にある。ポーシャはローマ風を好み、同名の人〔古代ローマ、共和政末期の政治家、ブルートゥス（ブルータス）の妻ポーシャ。〕と比べられている[19]。

ベルモントは、また、国際的な場所でもあるが、そこに人を惹きつけるのは金ではなく愛である。世界中から男たちが、美しいポーシャに求婚するためにやって来る。そして彼女は、広い世界が差し出すものを見て、評価することができる。彼女は世間知らずの小娘などではない。彼女は求婚者——馬好きのナポリ人、厳めしいポーランド人、酒飲みのドイツ人など——のリストを調べながら、国民性を話題にする。彼女は楽しく一緒に暮らせるという見地から、彼ら一人一人を品定めする。召使と二人だけのときの彼女の率直さにショックを受ける人も、腹立たしく思う人もいるだろう。しかし、この率直さは、通念から解放され、不幸な悲劇のどん底に陥ることを拒否した彼女の姿をはっきりと示しているようにも見える。ポーシャは表面的な美点に惹かれるが、彼女の快楽主義は俗悪に通ずる、と断言できないのも確かである。エキゾティックで風変わりなものすべてを目にした後で、彼女は夫として仲間の同国人を選ぶ。ポーシャは、内気で純朴なデズデモーナ〔『オセロー』の登場人物。元老院議員ブラバンショーの娘、オセローの妻。〕とは正反対である。彼女はよく知っているものを選択するが、それはよく知っているものだからというだけでなく、彼が、彼女にとって快くふさわしいものを最もよく象徴しているからでもある。

バッサーニオは、彼の国が地理的に中央に位置するのと全く同様に、他の求婚者と比べると一種の中庸なのである。

三つの小箱のテストは、彼女が後に裁判で用いるテクニックを前もって示すだけでなく、ポーシャの選択に暗示されている原理をも明らかにする。ポーシャは、明らかに自分の運命の女主人ではない。彼女は父の遺言に支配されている。彼女の父は、娘をかち得ようとする男はまず、一見ばかばかしい性格テストに合格しなければならない、と定めているのだ。ポーシャはこの取り決めにはっきり不満を表明してはいるものの、良い娘として、この制約に甘んずるつもりでいる。彼女は、デズデモーナやジェシカのように、自分の願望の対象を手に入れるために慣習を軽んじたりしない。彼女は慣習的なものの、実質はともかく、形式を、大いに尊重するのである。そのうえ、テストはまったく不愉快というわけではない。なぜならテストに伴う条件が、もしその条件がなければうるさくつきまとうであろう、大勢の好ましくない求婚者を追い払ってくれるからである。彼女は、自分の願望を満足させるために伝統的な義務を利用するけれども、のちに明らかになるように、その義務の犠牲にはならないのである。

思い切って箱選びを試みる最初の求婚者はムーア人であるが、彼は「この顔色で私をおきらいにならないでいただきたい」と懇願して求婚を始める。彼にはオセローに似ている点があるが、ポーシャがつくり出す雰囲気のなかでは滑稽な存在にされている。彼は偉大な戦士であり、格調の高い言葉をふんだんに使う情熱的な恋人である。南方出のこのそそっかしい男は、箱の外見から判断して金の小箱を選ぶ。彼は自分の感覚の奴隷である。ポーシャは行き届いた心配りを見せ、彼を丁重に遇していたのだが、「ああいう肌の男はみんないまのように選んでほしいわ。」と言って、彼を自分の頭から払いのけてしまう。彼女は、「その心にオセローの真の姿を見た」デズデモーナではない。[20]ポーシャは自分が直観的に得た感覚的印象を変える努力は少しもしない。彼女には、自分の好みに合う男のタイプがわかっているのである。

ムーア人が直観的で官能的で情熱的であったとすれば、アラゴンは北方出の冷静で思索的な紳士である。彼は、極めて当を得た決まり文句を並べ立てる敬虔な道学者だ。彼は節度のある銀を選ぶが、その判断の根拠は書かれている文言である。彼は分相応のものを得ることを選ぶのだが、それが思ったよりも少ないことがわかると、腹を立てる。[21]アラゴンは、語り口が美徳の本質を成す、と考える愚か者である。ポーシャの眼には、彼は退屈な存在でしかない。ムーア人はイメージで、アラゴンは書かれている文言で選択した。どちらも正しくない。ポーシャは、生まれつき洗練された感情を持ち、感覚と思考とを結び合わせることのできる男を求めている。南方は粗野であり、北方は冷たく説教じみている。真の文明というのは、高度な理解力と内省力が十全な知覚能力と渾然一体となっている、という意味である。ものごとをあるがままに見、かつそれに適切な反応をしなければならないのである。書かれている文言とイメージとは、自然な統一体として調和しなければならない。

ポーシャはバッサーニオを自分のものにしたいと思う。彼女は、彼が英雄ではないこと、自分と対等ではないことに気づいている。彼女には彼の弱点も、また、彼が結婚によって財産の埋め合わせをしたいと思っていることさえわかっている。だがまた、彼が魅力のある男、洗練された感情を持った男、そして真の紳士であることも、彼女の眼には映っている。彼は説教しないし、バランスのとれた率直な判断を下す。彼は幼稚でもなく、洗練されすぎてもいない。彼には卓越した美徳は全くないが、有徳の人物を装うこともなく、また目立った悪徳は全然持ち合わせていない。彼は中庸な人間である。ハンサムで教養もある。バッサーニオは、また、全く狂信的でない。彼はヴェニス人のなかでただ一人、シャイロックを本能的に憎んではいない人間である。彼は互いを隔てる教養には無頓着で、常にシャイロックを人間として遇する。彼はシャイロックの振舞いに驚き、ショックを受ける。彼はそんな振舞いを予期していず、アントーニオと同じように、それを煽るようなことさえしてしまう。バッサーニオには人情があり純真である。ポーシャと同様、彼はなんの先入見も持たずに世の中に接し、自分の印象と好みに従って行動を決定する。といっても、彼の好みは教養に裏打ちされているのだが。彼はポーシャを愛しており、ポーシャは彼を自分のものにしたいと思う。そこで彼女は一計を案じ、自分の歌う歌でバッサーニオに小箱の選び方を知らせる。その歌は感覚を軽んずる内容で、その意味するところは明らかである。そのうえ、最初の韻は"bred"（「育つのか？」）と"head"（「頭にか？」）で、それらは"lead"（鉛）とも韻を踏む。バッサーニオ自身の考えは本当に筋が通っており、彼が書かれている文言とイメージとを考え合わせる能力を持っていることを示しているが、ポーシャの歌によって、彼は自分が正しい選択をしていることを確信するのである。ポーシャはその際、細心の注意を払いはするものの、自分を制約するように思われる取り決めを利用して、自らの運命の主人となるのである。彼女は誓約を違えはするが、体面が保たれるような方法を採り、こうして、原則の犠牲になることなく原則を堅持するのである。彼女にとって、法は目的のための手段にすぎない。[22]

5

ポーシャはアントーニオを救うためにヴェニスに向かうが、それは普遍的な人間性というようなものに促されたからではなく、アントーニオが彼女の夫の友人であり、バッサーニオにも彼の窮状に対する責任があるからである。彼女は、結婚の心構えをするために尼僧院に行く、というもっともらしい口実をつくって出かけ、新しい扮装、つまり少年の扮装をする。[23] 彼女は法の代理人となり、そのような資格で、争っているユダヤ人とキリスト教徒のあいだに割って入る。彼らのあいだの状況は耐えがたいものとなっている。この先は、非常識な残忍な行為が行われるほかない。シャイロックは復讐のためにのみ生きている。法は彼の味方である。彼はアントーニオの肉を欲しがっている。そんなことをしても、決して彼の得になることはありえないのに。妥協の余地はない[24]。シャイロックには、自分が憎まれていること、他人からは決して敬意を払ってもらえないことがわかっている。彼には、意気揚々と隠遁できる私生活がない。そのようなものは、みんななくなってしまったのだ。もし譲歩したら、弱虫か臆病者にみえるだろう。他方、アントーニオは必ずしも受難を厭っているわけではない。それは彼の漠然とした憂鬱によくなじんでおり、バッサーニオのために死ぬことによって、彼は自分の大いなる愛を立証できるのである。彼は、友人が抱く罪の意識のなかに、彼自身のための不朽の記念碑を立てることができる。そしてその友人に、彼は、自分のために墓碑銘を書いて欲しいと願っている[25]。この馬鹿げた状況、それは法が全く意図していなかったものだが、この状況を回避するには法を改めるしかない。しかし、法の本質はその永続性にある。ポーシャのような人間だけが、法には無頓着だが法の持つ力には気づいているので、法を巧みに操作することができるのである[26]。

ポーシャは、シャイロックの意図を素早く見抜く。彼女には、法が彼にとって重要なものだということがわかる。そこで彼女は初め、法をきわめて厳格に解釈するふうを装い、それでシャイロックの信頼をかち取る。まず、きわめて直截かつ率直に、彼女は詭弁を弄さずに事件を解決しようとする。シャイロックは慈悲深くなければならない。ポーシャは彼の人間性そのものに直接訴えはしない。彼女にはシャイロックがユダヤ人であり、そこから始めなければならないことがわかっているのである。彼女は、ユダヤ人とキリスト教徒が合意できる共通の立場、しかも低次元の動物的性格のものではない立場があることを思い起こさせようとする。彼女は、両者が聖書を共有し、同じ祈り、すなわち主の祈りを唱えて同じ神に祈っていることを明らかにしようとする。キリスト教徒とユダヤ人は実際、高い次元で同じものを持っているので、和合するために、どちらも自分の信仰を曲げる必要はない。また、本件は信仰共同体の問題である。「我等に罪（負債）ある者を我等が許す如く、我等の罪（負債）をも許したまえ。」　公平と慈悲は法に優るのである(27)。だが、この高潔な試みは成功しない、少なくともシャイロックに関しては。同じ聖書の解釈が、両者の間であまりにも異なっているのである。法が、そして法だけが、いまなおシャイロックにとって最高のものなのである。

ポーシャは、利得という利己的な動機に訴えて、別の和解の方法を試みる。これもうまく行かないので、ポーシャはこんどは自分の策略を実行に移し始める。まず、法を厳格に解釈するように見せかけて、シャイロックに彼女の裁定を受け入れさせる。彼は完全に彼女の掌中に陥る――「名判官ダニエル様〔旧約聖書「ダニエル書」の主人公。捕囚としてバビロンに引かれたが異教的な慣習から身を守り、試練の中にも信仰の勝利をかち得た。王ネブカドネザルの夢を解釈し預言した。〕の再来だ」。次いで、いちいち述べる必要もない一連のステップを踏んで、彼女はシャイロックの形勢を逆転させ、彼から復讐、資産、そしてユダヤ教を奪うのである。彼女が採った手段は、およそ法に適った望ましいやり方に反している。ポーシャは、肉が正確な重さに切り取られるよう、また血が一滴も流されないようにと要求して、正当であると合意された目的の達成を不可能にする。特に血の問題を持ち出すことで、彼女は奇跡を求めているのである。つまり、肉は、肉でないものの特性を持たなければならないのだ。それは逆の場合〔肉でないものが肉の特性を持つ場合。つまり、聖餐の秘蹟のこと。〕に劣らない偉大な奇跡となるだろう。シャイロックは自分の大義の正しさを信じてはいるが、それは明らかに、神の介入を期待するほどのものではない。奇跡の時代は過ぎ去っているのである。

ポーシャは法の体面を維持した。そして事件は一件落着する。シャイロックはひどい痛手をこうむる。復讐は果たせず、あらゆるものを失ってしまったのだ。この不愉快な出来事においては誰かが苦しまなければならなかったのであり、シャイロックは苦しんで当然の者だった。彼は非人間的なことを言い張ったのだ。シャイロックとアントーニオとの争いを続けさせるわけにはいかないので、ポーシャはアントーニオに有利な決定を下す。ヴェニスはキリスト教徒の都市であり、アントーニオは夫の友人である。市民の不和というガンが根絶されなければならないのなら、去るべき者はシャイロックなのだ。

改宗は何の解決にもならない[28]。シャイロックが今や死んだも同然なのは、誰にでもわかる。どんな意味においても、彼は公平（justice）に扱われなかった。シェイクスピアは、このような問題に調和的な解決はあり得ないという陰鬱な印象を残すことを望み、シャイロックの栄光と悲惨を忘れられない筆致で描くことによって、この望みを実現しているのである。だが、シャイロックは愉快な男ではない。

シャイロックが無になってしまうのが、あまりにも急で、あまりにも現実ばなれしている、と言われてきた。あれほど誇り高く振舞っていたシャイロックが、これほどいくじなくポーシャに屈伏することなど、現実にありうるのだろうか。これでは彼は、シェイクスピア以前の文学に見られた、単に筋書き上必要な存在にすぎなかったユダヤ人と同様のものになってしまうだろう、と。私は、このような異議を唱える人々は、裁判の場面の真髄を捉え損っているのだと思う。シャイロックが弱気になるのはいくじがないからではなく、法を尊重しているからなのだ。彼は自分の正しさを確信していたから、誇り高く毅然としていた。法がもはや自分の味方でなくなると、彼は崩おれるのである。彼はバルサザー〔『ヴェニスの商人』で、ポーシャが変装した、ローマの若い学者の名前。〕をダニエルの再来として受け入れている。だから、彼女が法であると言って示すものはなんであれ、彼にとっては法なのである。「それが法律ですか？」と彼は尋ねる。(29) シェイクスピアは、シャイロックの人柄を終始一貫させている。法は、シャイロックが身も心も捧げたものだったにもかかわらず、彼の破滅のもととなっているのであり、この点においてシャイロックは悲劇的な品位を持つに至るのである。彼は法のえじきである。法は目的のための手段であり、したがってその目的との関わりで変動する道具にすぎないのではないか、あるいは、個々の法は少なくともいくぶんかは人間の弱さに左右されるものである、などとは、彼は一度もじっくりと考えたことがなかった。ポーシャはバルサザーと名乗っている。それはネブカドネザル〔Nebuchadnezzar. 前7～6世紀. 新バビロニアの王。前五八六年エルサレムを破壊してユダヤ人をバビロニアに連れ去った。〕の法廷におけるダニエルの名前であった[30]。彼女はベルモントとヴェニスとを仲介する立法者であり、正義を法と調和させる。彼女は、シェイクスピアによれば、法には限界があることを理解しているのである。以上が、この作家の描くユダヤ人像——すなわち、法に身を捧げるという点で偉大であるが、その法によって欺かれる民族——である。

アントーニオもまた、ポーシャの勝利によって痛手をこうむる。ポーシャは、バッサーニオをアントーニオに結び付けている絆の強さに気づいている。もしアントーニオが死んでいたら、その絆のためにバッサーニオの人生は損なわれていただろう。彼女はバッサーニオをその重荷から解放し、次に指輪をめぐって一芝居を打って、ポーシャへの愛がすべてに優ることを、バッサーニオに無理やりはっきりと認めさせる。彼女は、バッサーニオとアントーニオとを結び付けていた陰鬱で精神的な愛を、自分の力強く陽気で肉体的な愛で置き換える。そして、アントーニオは保証人として、この新しい貞節を守るように、と言わざるを得ない。以前は異議を唱えていたのだが[31]。

6

この裁判の結末は、喜劇の結びで扱うには適さないテーマである。ヴェニスは、醜い情念や満たされない希望が充満した不愉快な場所である。ポーシャは機械仕掛けの神〔deus ex machina, ギリシア悲劇で、唐突に現れて急場を救う神。〕の役割を演じるにすぎない、ということを覚えておかなければならない。もしも彼女が現実にはありそうもない仕方で姿を現さなかったならば復讐と流血が起こったであろう、という醜悪な真実が残されているのである。ポーシャは、シャイロックとアントーニオが争うもととなった諸々の問題を解決するという点では、原則的には何もしていない。そして解決の道はどこにもない。我々にできることは、それらの問題を忘れるために、急ぎベルモントに戻ることだけである。

ベルモントは愛の都である。だが、それは実在しない。ユートピアなのである。[32] ヴェニスではできないことが、ここではできる。ヴェニスで生まれる唯一の恋愛関係は、浅ましいものである。ジェシカは孝行心などみじんも持たず、無情にも父親を見捨て、父親のものを奪う。シェイクスピアの作品のなかで、彼女は罪の報いを受けない極めて数少ない人物の一人である。両親が善人であろうと悪人であろうと、両親に対する不従順はシェイクスピアにとっては罪であり、盗みも同じく罪である。だが、なぜかベルモントの雰囲気がこれを一変させてしまう。ベルモントは、法もしきたりも宗教もない、ただ恋する男女がいるだけの場所なのである。

ジェシカはキリスト教徒の恋人とこの夢の国に逃れ、救われる。[33] ここでは過去は、愛の神エロスの輝きのなかで姿を変える。日常生活の務めは、あくせく働く人々の仕事であるように見える。義務は美徳を実現するものではなく、避けられない重荷なのである。世界には、確かに調和がある。それは永遠の秩序が作り出す調和である。ヴェニスでは我々はこのことを忘れているが、ロレンゾー〔『ヴェニスの商人』の登場人物。ジェシカの恋人。〕が、素晴らしいプラトン風の台詞で思い出させてくれる[34]。我々は一つの宇宙に連なっており、それぞれの魂はその宇宙を映す鏡なのである。これは、すべての人が人間として到達できる調和である。しかし、「いずれは塵と朽ちはてる肉体」によって「くるまれて」いるので、我々には天体の音楽〔『ヴェニスの商人』5幕1場のロレンゾーの台詞、「きみの目に映るどんな小さな星屑も、みんな／天をめぐりながら、天使のように歌を歌っているのだ、／あどけない瞳の天童たちに声を合わせてな。／不滅の魂はつねにそのような音楽を奏でている、……」参照。〕が聞こえない。音楽を耳にして初めて、我々は時折その高次な世界に触れるのだが、多くの人間の魂には、もはやなんの音楽も宿っていない。我々は高い次元ではみな人間的であり、完全に和合することができる。しかし、人生における偶然の出来事によって、人間は慣習に囚われざるを得ず、その慣習のために全体と自分自身の不滅な部分とを忘れてしまう。市井の人々には音楽に興ずる暇はないのである。人間の究極的な調和とは、日々の生活の次元での調和ではなく、そのような生活を超越し、そのような生活に無頓着な、天体の運動に同化するような次元での調和である。したがって、人間性は、ほんのわずかな人々が希有な状況の下で獲得できるものにすぎないが、潜在的には我々すべての中にあり、それこそが我々を人間たらしめているのである。ベルモントの本質を理解しても、ヴェニスの抱える問題の解決にはならない。理解する力のある人々に、いささか問題解決の見通しを与えるにすぎない。愛の女神ポーシャが人間的な調和をもたらすことができるのは、わずかな人々に対してでしかないのである。

シェイクスピアはユダヤ教を理解していない。外側から見たからである。彼は、不当と言ってよいほど、純粋に政治的見地からユダヤ教を眺めたのである。しかし、個人的には彼は、ユダヤ教問題よりも、人間が人間に、ただひたすら人間になろうとする試みに関心を抱いていた。シェイクスピアは、きわめて高次なものごとについて見解が分かれるのは人間として自然なことであり、そのような見解は教義や法に取り入れられて、既存の利害と密接な関係を持つようになる、と確信していた。これらの見解を突き合わせれば、対立は避けられない。人生はこのようなものなのであり、それは断固とした決意をもって受け入れなければならない。ヴェニスにおいても近代思想においても、ゴルディオスの結び目〔小アジアのゴルディオンの町の神殿に古い荷車が奉納されており轅《ながえ》が結び目がわからないように杭に縛られていて、それを解きうる者はアジアの王たるべし、との予言が伝えられていた。紀元前三三三年、アレクサンドロス大王が東征の途中、これを一刀両断して、効果的に東方征服を進めたとされる。〕を切って、人間は真に人間的な意味で同一である、という次元ではなく、政治的な便宜という次元で、人間を統一的に捉えようとする企てがみられた。――それは、どんな人間にも利得を求める欲望がある、という形での統一であった。その結果、個々の見地それぞれに見られる高潔で真実なものすべてが、衝突するか歪曲されるか、いずれかにならざるを得ないのである。ヴェニスには、売春婦のような飾りたてた美しさがあった。シェイクスピアは、数少ない幸せな人々のためにどこか空のかなたにある唯一つの真の美しさを、この幻影の犠牲にしたくなかったのである。

第二章 ［注］

（1） シェイクスピア以前の代表的で影響力のあるヴェニス評価については、Jean Bodin, *Les Six livres de la République* (Paris : 1577), pp. 726, 790,（ジャン・ボダン『国家論』）参照。当時の一般的なヴェニス理解については、『ヴェニスの商人』創作の五年後に至るまで現れなかったものの、本書は一五四三年にイタリア語で出版され、一五九四年よりはるか以前にフランス語に訳されており、当時よく知られていた。Cardinal Gaspar Contareno, *The Commonwealth and Government of Venice* (London : 1599) 参照。英訳は一五九九年による。

（2） 3幕3場31―36行。4幕1場39―43行、参照。引用文はすべて、Furness variorum版〔2〕(Philadelphia : J.B. Lippincott Co., 1888) による。〔他の版と、「場」が異なる場合がある。『オセロー』の2幕2場など。〕

（3） シェイクスピアはユダヤ人を描く際、彼以前の劇作家と異なり、伝統的なイメージを用いず、むしろ自分なりのユダヤ人の性格付けを模索して聖書を参照したように思われる。彼の描くユダヤ人は、ユダヤ的な信仰告白をする。彼が奉ずる原理は見分けがつく。この点はキリスト教徒も同様である。シェイクスピアは旧約聖書のある側面をとりあげ、それにパウロの書簡に見られるユダヤ人批判を付け加えたように思われる。特に「ローマ人への手紙」9―11章を参照して欲しい。シャイロックとアントーニオとの対立が、「怒りの器とあわれみの器」〔「ローマ人への手紙」9章〕の対立として描かれているのも頷ける。もっと一般的に言えば、問題は正確には旧い法と新しい法の争いであり、各々の法は、信心とその結果生ずる道徳の最も重要な要素は何であるかについて、独自の評価を披瀝しているのである。この二つの法は関連してはいるものの、対立している。私見では、シェイクスピアは、シャイロックの原理よりもアントーニオの原理の方に、はるかに強い関心を抱いているように思われる。ユダヤ人は、イングランドでは問題になっていなかった。そこではユダヤ人は全然存在しないか、実際上存在しないも同然であり、〔3〕聴衆はキリスト教徒だった。だが、アントーニオはなぜかシャイロックの法から出発しており、この出発点とそれとの対立という点からしか捉えることができない。これは、新約聖書におけるイエスの描き方と対応している。両者の対決は原型となっている対決の再現であるが、一五〇〇年間の不幸な歴史の過程で変化をこうむり、ますます激しいものとなっている。アントーニオとシャイロックの対話を参照（1幕3場40─187行；3幕3場3─28行；4幕1場39─124行）。

（4）　4幕1場150行、94─108行；2幕5場30─40行。

（5）　1幕3場74─100行。

（6）　1幕1場5─11行、98─109行、164─170行；3場133─140行；2幕8場38─52行；3幕2場309─314行；4幕1場75─88行、120─124行。

（7）「マルコによる福音書」（原著では「マルコ」となっているが、「マルコによる福音書」には16章までしかなく、本文の内容を考慮すると、「ルカ」の誤りと思われる。）18章10─14節。シャイロックが概ね正しいことは、パリサイ人（旧約聖書の律法の墨守を主張した、古代ユダヤ教の一派。紀元直後にユダヤ教の排他的な指導層となり、キリスト教のイエスの論敵となった。）に対応している。

（8）　1幕3場110─140行。

（9）　2幕2場2─29行；3幕5場1─25行。ラーンスロットはさらに、父親とのやりとりにも混乱をもちこむ。彼は父親を尊敬しつつも侮っており、この点ではポーシャとジェシカの反応が混ざり合っている。父親というものが大いに問題となっているこの劇において、彼の父親は盲目である。また、ラーンスロットは、この錯綜した世界における外国人どうしの恋愛をもじっている（3幕5場36─41行）。

（10）　1幕3場33─39行。シャイロックは、信仰によって他の人々から切り離されている。そのうえ、信仰ゆえに、本当に大切なものごとについて、違った考えを持つに至っているのである。

(11) シャイロックがなぜ気持ちを変えてキリスト教徒との食事に赴いたのかははっきりせず、推測するしかない（2幕5場14—21行）。アントーニオがジェシカの誘拐を聞いていたという証拠はない（2幕6場69—75行）。しかし、シャイロックは、この誘拐は、キリスト教徒の世界全体が承知して後押ししている陰謀だと考える（3幕1場22—23行）。

(12) 2幕8場。この場面には、シャイロックの滑稽な姿だけでなく、バッサーニオとアントーニオの別れも描かれている。これにもそれなりに喜劇的な要素がある。当人たちが意図しているわけではないが。この別れの描写によって、アントーニオが無私な態度を装っていたことも明らかになる。アントーニオから、彼が負っているリスクを忘れてくれと言われ、バッサーニオは友人が自分のために負うリスクを思い出させられるのである。この場面では、両面が明らかにされている。

(13) 3幕1場32—34行。

(14) 3幕1場75—123行。

(15) 3幕1場115—116行。

(16) 3幕1場47—66行。

(17) シャイロックが笑いの原因をくすぐりとしているのは、いかにも彼らしい。彼とアントーニオが同じ冗談で笑うことはないだろう。

(18) テューバル（トバル Tubal）「創世記」10章2節、チューズ〔『ヴェニスの商人』3幕2場のジェシカの台詞に出てくる、シャイロックのユダヤ人仲間の名前。〕（クシ Chus）6節、ジェシカ（イスカ Jessica（Jesca））11章29節。後ろの二つの名前はジェームズ王版では綴りが違っているが、七十人訳聖書〔紀元前三世紀頃、アレクサンドリアで作られたギリシア語訳旧約聖書。〕のギリシア語に則った訳本では、ここに見られるとおりの綴りであり、シェイクスピア時代の訳本でも同様に綴られていた（注30参照）。「シャイロック」（Shylock）という名前はより大きな問題だが、その語源は推測するしかない。とはいえ、同じ節に他のどれよりも似通った名前があり、六回繰り返されている（「創世記」10章24節、11章12―15節）。それはバベルの塔の記事の前にも後ろにも見られる。この名前はジェームズ王版では"Salah"となっているが、ヘブライ語では"Shelah"（最後の音節は *ach* と発音される）と綴られており、一五八二年の英語版にも同様に記載されている。実際これはきわめて似ており、この名前のヘブライ語の綴りは、語源ではないかと言われてきた、これ以外では唯一の聖書中の名前の綴り"Shilo"（「創世記」19章〔原著では「19章10節」となっているが、該当箇所に"Shilo"はなく、「49章10節」の誤りと思われる。〕10節）とほとんど同じである。"Shelah"が他の名前と同じ節に現れることを考え合せると、この名前の持ち主がシャイロックの先祖であるということも大いにありそうなことに思われる。

(19)　1幕1場175―176行。礼拝堂については2幕1場50行で触れられている。ポーシャが宗教を利用する様子は、3幕4場29―35行で描かれる。ポーシャは、古典的な性愛を象徴しているように思われる。ベルモントの場面で挙げられる神話や実例はみな、古典古代のものである。

(20)　『オセロー』1幕3場280行。

(21)　2幕9場1―86行。

(22)　父親の権威は法の権威に似かよっており、法の権威に支えられている。両者ともに拘束力があって揺るがないが、法は先祖の人々から、すなわち父祖によって与えられたという事実から、自らの権威を引き出している。従って、父親の法とその法が自分にとって持つ意味とをめぐるポーシャの経験は、法律一般を──職業として法に関わる弁護士としてでなく、法の外部にいて法と生命や幸福との関係を視野に入れている者として──取り扱う準備となる。他方、シャイロックは自分の権威と自分の法を当然のものと考えているにすぎない。別の言い方をすれば、彼は法を善と同一視しているのである。
(23) 3幕4場。これは男の世界であるが、男たちがもはやコントロールする力がないので、この女性が男になってバランスを取り戻さなければならないのである。
(24) 4幕1場20―74行。この場面と福音書の十字架刑の記述との間には、顕著な類似がある。公爵の役割はピラト〔Pontius Pilatus. ユダヤおよびサマリアのローマ総督(26－36)。イエスに罪はないと思いながら、ユダヤ人の強硬な要求に屈して、イエスの処刑を許した。〕に対応している。(「マタイによる福音書」27章17―23節、「マルコによる福音書」15章8―15節、「ルカによる福音書」23章13―25節、参照。)アントーニオは死ぬべきだというシャイロックの主張、そしてシャイロックがその理由を言おうとしない点は、イエスに対するユダヤ人たちの振舞いに対応している。ポーシャがいなければ、結末も同様になっていたであろう。
(25) 4幕1場120―124行。アントーニオは殉教しようとする。ポーシャはそれを許さない。
(26) ポーシャは、法にふさわしく、人間に対しては全くの無関心を装う。曰く、「その商人というのはどこにおります? ユダヤ人は?」(4幕1場181行)。だが、彼女は自分が関わる裁判の用意は既に済ませており、しかもそれは差別的なものなのである。シャイロックは、忠誠の対象を宗教上の法から市民法へと転換する。法は法として、彼にとって尊重すべきものなのである。このことをポーシャはみごとに見抜いている。
(27) 4幕1場207―211行。「だからシャイロック、……われわれは慈悲を求めて祈る」。主の祈り(「マタイによる福音書」6章9節)は、ユダヤ人に広く知られた教えの精髄と考えられている。慈悲に関する明確な教えについては、「集会の書(Ecclesiasticus)」〔種々の理由で正典と認められていない聖書外典の一つ。〕28章が参照されることが多い。
(28) 4幕1場397―419行。

(29)　4幕1場329行。
(30)　「ダニエル書」1章7節。ジェームズ王版では、この名前はBelshazzarであるが、ギリシア語に倣ってしばしば"Balthasar"と綴られていた（前出、注18参照）。
(31)　5幕1場273―280行。4幕1場296―303行、469―471行、参照。指輪は明らかに官能性を象徴しているので、ポーシャとアントーニオがバッサーニオに及ぼす力がそれぞれ何に基づいているか、その違いが明らかになる。
(32)　ベルモントは、文字通りどこにもない場所である。イタリアにはない地名である。私は、それは人間の祈りの結晶であり、普段の生活では偶然また必然の出来事のために実現できない理想が存在することを示す、あの最善の場所であると思う。語源から言えば、それは「美しい山」である。パルナッソス山〔Parnassōs, 英雄パルナッソス（Parnassus）が麓にデルポイの神託所を開いたギリシア中部の山。アポロンとミューズの聖地。〕ということもありうるだろうか。
(33)　5幕1場1―22行。第一に、ジェシカを救うのは明らかに改宗である。だが、他の障害は、この場所の持つ魔力によって克服される。庭園の場面の冒頭で、ジェシカとローレンゾーは、両親によって、また民族の対立によって引き裂かれる不幸な恋人たちの名前を列挙する。
(34)　5幕1場63―98行。プラトン『国家』第十巻616d―617dならびにJohn Burnet, "Shakespeare and Greek Philosophy," Essays and Addresses（London: Chatto & Windus, 1926）参照。

本論は、一九六〇年一月に、シカゴ大学ヒレル財団で行った講演を基にしている。私は、これを、一七年間この団体の理事であったラビ、〔4〕モーリス・B・ペカースキー師（Rabbi Maurice B. Pekarsky）の思い出に捧げたい。彼は、ユダヤ教に敬意を抱く、様々な信仰を持つ人々に霊感を与えた、賢明で善良な人物であった。彼は最高の根拠に基づいて、感情と理性双方に訴えたのである。

訳注

〔1〕当時のユダヤ人の状況については、レイモンド・シェインドリン『物語ユダヤ人の歴史』第七章「西ヨーロッパのユダヤ人（一五〇〇年から一九〇〇年まで）」（高木圭訳）、中央公論新社、二〇〇三年）、塩野七生『イタリア遺聞』第二十話「シャイロックの同朋たち」（新潮文庫、一九九四年）参照。

〔2〕Horace Howard Furness（1833－1912）によって計画された分冊形式のシェイクスピア全集。一八七一年に第一巻出版。十九世紀前半に完成した variorum Shakespeare 第三版を土台にして、それ以降の主なシェイクスピア学の成果をすべて取り入れることを目指している。

〔3〕イングランドのユダヤ人は、一〇六六年、ウィリアム一世とともにフランスから渡ってきて、主として金融業に従事し、国王の税源として保護されたが、ユダヤ人に対する債務返済に苦しむ小諸侯や騎士などの反感をかうようになった。十三世紀後半、イタリア人銀行家がイングランドで台頭し、ユダヤ人の果たしていた財政上の役割を果たすようになると、民衆の間の根強い反ユダヤ人感情に支えられて、国王エドワード一世は、一二九〇年にユダヤ人をイングランドから追放した。イングランドには、キリスト教に改宗したユダヤ人しか残れなかった。佐藤唯行『英国ユダヤ人――共生をめざした流転の民の苦闘』（講談社選書メチエ、一九九五年）参照。

〔4〕ユダヤ教の宗教的指導者。

第3章　コスモポリタンと政治共同体——『オセロー』

『オセロー』第５幕第２場。嫉妬に狂ったオセローは、イアーゴーにそそのかされて、デスデモーナが「汚した」ベッドのなかで、彼女を殺害しようとする。

図版：早稲田大学演劇博物館所蔵・資料番号 M60-30-9
The Works of William Shakespear volume Ⅸ

今日、世界には、共に滅びるのではないかという恐れを共有することによって、否定的な意味にせよ、人類共通の人間性が確固として存在している。理性を持つ者だけがそのような全滅を恐れ、また理性を持つ者だけが原子核融合反応による全滅の手段をつくり出せるのである。前例のない危険が、政治哲学における最古の命題、すなわち、人間は生まれながらに理性的で政治的な動物である、という命題〔アリストテレス『政治学』第一巻第二章第九節、参照。〕を証《あかし》する新種の証拠を提供している。人間性は、非人間性と同様に、政治共同体と政治共同体が戦争や平和をもたらす能力とに根ざしている。そこから出発して、かつての上限に到達したとき、発端と結末の乖離は大きな問題となる。同じ人間性を共有していることに改めて気づいたことによって、まさにその人間性がつくり出した問題に対応できる制度や人間を作り上げることができるだろうか。個々の人種、民族、信条の特徴を成す特殊性――政治生活が始まったと考えられている時から今日まで、政治生活の悲惨と栄光の両面を形づくってきた特殊性、その特殊性は、人間理性が究極的に産み出すこの上なく素晴らしいものである普遍性に、姿を変えることができるだろうか。あるいは、合理性は、いずれわかるだろうが、自滅への道を辿るのだろうか。

シェイクスピアは、異なる人種、異なる信仰に跨る社会が成立しうるか否かを正面から取り扱っているが、それを最も詳細に描いているのは、ヴェニスを舞台とした二つの劇、ユダヤ人とキリスト教徒、白人と黒人の関係についての最も意義深い分析とみなされるにふさわしい二つの劇である。一見シェイクスピアのペシミズムと見えるものが、この問題についての彼の結論なのかどうか、ここで述べる必要はない。そのペシミズムの根拠を人間的かつ政治的な観点から理解しようとするに際して、これ以上、弁明する必要がないことは確かだろう。

1

私はこれまでシャフツベリー伯〔Anthony Ashley Cooper, 3rd Earl of Shaftesbury, 1671－1713. イギリスの道徳哲学者。奇跡を否定する自然宗教を唱え、また人間は本来的に社会的存在である、とした。〕ほど洞察力のある『オセロー』批評を読んだことはないが、その中で彼は、(1) オセローとデズデモーナとの結婚は、不釣り合いな縁組み、山師のぺてんと躾のよくない若い娘の不健康な想像力から生まれた奇怪な結びつきである、と断じている。彼にとって、この悲劇は、イアーゴーの卑劣なたくらみの結果起きたものではなく、主人公たちの性格や彼らの間の関係に蒔かれた種から、起こるべくして起きたものなのである。シャフツベリーによれば、市民がこの物語から容易に汲み取ることができるのは、目新しさを求める欲望以外に何も共通点を持たない外国人どうしのこのような結婚は、避けられ咎められるべきである、という教訓である。家庭で満足を得られないために不健全な好みを持っていたからこそ、デズデモーナはこのような選択をしたのであろう。信じ難いものやエキゾティックなものをこの娘が盲目的に追求する理由は、彼女の受けた道徳教育が空想や思いやりに影響を与えなかったから、という以外に、説明することはできないだろう。シャフツベリーは、ロマン主義以前の批評家の道徳的な嗜好に倣って、この結末を、誤ちを犯した者に対する正当な罰とみなしている。

この劇をこのように理解するのがどれほど狭量だとしても、それは、デズデモーナとオセローの関係はどのような性格のものだろうか、という基本的な問いを、直截かつ率直に提起するものである。『オセロー』解釈はこれまでこの問いをなおざりにしがちであり、嫉妬の心理的な展開に注意を集中してきた。しかし、この嫉妬は、どのような男が嫉妬に苛まれるのか、また何故彼がとりわけ嫉妬に駆られやすいのかということを考え合わせなければ、なんの意味も持たない。ここには、結婚のいきさつは尋常でないものの、たいへん愛し合っている夫婦が、外部の敵意ある世界によって大きな災厄を蒙るに至る姿が描かれている。我々は、力と自信の化身とも言うべき者が、悪魔にいざなわれたばかりに、猜疑心に駆り立てられて怒り狂う獣に変身することを信じるよう要求される。嫉妬の本質はこのようなものである、と言うのでは不十分である。我々は、同様ないざないに晒されても決して屈しはしないであろう男たちを、容易に何人も思い浮かべることができる。きわめて表面的な読み方しかしない読者でも、オセローにデズデモーナの不義を確信させる証拠が乏しい、という印象を持つだろう。オセローが、彼を苦しめることになる疑いを持つのには、機が熟していないのだろうか。これほど思いがけなく突然に生ずる嫉妬は、無意識にではあっても長い間準備され耕された土壌から生まれるわけではない、と考えるべきだろうか。シェイクスピアはいつも、悲劇の主人公ひとりひとりの人生に、ちょうど次のような要素を組み入れているのではないだろうか。すなわち、その人物が誰にもまして体現しているものを、いかにもその人らしいと思わせるような要素を。

明らかに、最後の選択肢が正しい。なぜなら、それだけが、シェイクスピアの天才とおよそ悲劇というものの本質とについて我々が了解していることと一致するからである。他のシェイクスピアの悲劇においては、災厄の直接の原因となっているのは、悲劇の主人公の性格、さらに言えば、性格の上で彼を偉大な者にしている、まさにその特徴である。マクベス〔『マクベス』の登場人物。スコットランドの将軍。〕の誇りと野心は、彼を誰よりも大胆不敵で先見の明ある者にしているのだが、ダンカン〔『マクベス』の登場人物。スコットランド王。〕を殺害し暴君として生涯を送ることとなる直接の原因でもある。マクベスの魂の偉大さがマクベスに罪を犯させるのであり、この劇が並みはずれて大きな衝撃を与えるのは、主人公の運命は不可避であると感じているところに、彼が圧倒的な力を持っているという印象が結びつくからである。あるいは、愛する人すべてが死んだことに対するハムレット〔『ハムレット』の登場人物。デンマークの先王の息子にして、現王の甥。〕の責任や、彼が公正に振舞おうとして果たさなかったことを考えてみてほしい。それは、我々に称賛の念を起こさせる彼のあの特性――良心、そしてみごとに仲間の気持ちを感じとれる能力と密接に関係してはいないだろうか。もしそうでないなら、この男たちは単なる犯罪者か、あるいは哀れまれても仕方のない存在か、どちらかであろうが、その場合にはきっと、奥深い感情を揺り動かしたり敬意を呼び醒ましたりはしないだろう。しかし実際には、彼らは人間的偉大さを示す実例と考えられている。彼らは、普通の死すべき者たちが踏み入ることのできない経験領域で行動するのである。しかし、まさに人間的資質においてこのように優っているということが、罪と災厄とに通じているように思われる。悲劇の特質を成しているのは、この組み合わせなのである。

それでは、どのような美徳がオセローの嫉妬を避けがたいもの、またいくぶんかはやむを得ないものとしているのだろうか。並み並みならぬ自制心を持った偉大な将軍が、なぜ罪のない妻を殺さなければならないのだろうか。イアーゴー〔『オセロー』の登場人物。オセローの旗手。〕が彼に、彼女は不実であると告げたからだろうか。これではこの作品を、心理学的「リアリズム」、たとえ誰が何の目的で抱くものだろうとおかまいなしに、情念を分析してこと足れりとするリアリズムのレベルにまで貶めることになる。それでは、シェイクスピアが彼の作品の主人公たちの抱く感情を本当に興味深いと思ったのは、彼らが注目するに足る者であり、また真摯な目的を抱いている場合だけだったことを否定することになってしまう。そのような見方からすれば、オセローは意志薄弱な愚か者で、デズデモーナの死は恐怖と厭しさしか呼び起こせない無分別な殺戮に見える。悲劇は、人間は決定的な点で自由で理非をわきまえており、その運命は自らが選びとったものである、という考え方の上に成り立っている。悲劇の観点からすれば、外的な力や偶然から生ずる結果はすべて、人間性を奪うものである。しかし、そのように解釈すると、『オセロー』は、運悪くたまたまイアーゴーのような者と出会ってしまった、激しやすい男の物語にすぎなくなってしまう。これでは、この劇を見て感ずる気持ちにそぐわない。また、単なる印象をはっきりと言葉で表現し、登場人物と筋の運びにより深い意義を与えるのが、解釈に課せられた仕事である。そのような分析を行うには、このドラマの政治的設定に、従来よりも注意を払う必要がある。

2

そのためには、嫉妬の裏側にある、オセローとデズデモーナを結び付けていた奇妙な愛情の真の意味を探らなければならない。最終的な惨事の種が蒔かれるのは、彼らの愛情の内なのである。年老いた肌の黒い異国生まれの戦士と若く美しく無垢なヴェニスの貴族の婦人とのこの結婚、それはたやすく分析することのできない結びつきである。事実、第一幕はほとんどもっぱら、この結婚の特性とその曖昧さを明らかにすることに費やされている。この結びつきの理由として、情欲、利得、そして、美徳に対するきわめて純粋な賛美の念などが挙げられる。ある意味で、この劇全体は、この愛情の本質について俳優たちがそれぞれに抱く思いに導かれている。この悲劇を動かしているのはこれらの思いであり、どんな行為もそれには遥かに及ばない。実際、『オセロー』独特の特色の一つは、最後の筋の運びがそれに先立つ筋書きから引き出されたとはほとんど言えず、多分に登場人物たちの見解の変化から導ち出されていることである。これらの見解がどのようなものであるかを理解するには、イアーゴーの動きを通して見るのが、あるいは最善かもしれない。

　イアーゴーは悪党である。それは間違いないが、彼の悪党ぶりは通りいっぺんのものではない。彼は各人にとって最も大切なものをはっきりと理解しており（エミリア〔『オセロー』の登場人物。イアーゴーの妻。〕は例外かもしれないが）、どの人物に働きかけるときも、もっぱらその人自身の見解を梃子にするのである。どの場合も、その人は自分でやっかいごとを招いたとみなされても仕方がない。イアーゴーはただ、既にそこにあったものが表に現われるのを早めるにすぎないのである。彼は詐欺師に似ている。唆される者に本来備わっている特質がなければ、彼のもくろみは成功しない[2]。彼は、彼を取り巻くすべての人々の忠実な鏡である。彼は、話し相手に自分を合わせるのである。ある意味で、イアーゴーがいなければ、劇中の他の登場人物を理解することはできないだろう。我々は彼らの本当の性質を隠している仮面を見抜けず、彼らが日常生活で見せる姿しか目に入らないだろう。イアーゴーだけが最初から、彼がいなければ彼らの人生が危機に陥るまで知られずにいたであろう他の人々の弱点を知らせてくれる。イアーゴーは、人々が秘かに必要としていること、つまり彼らが最も気にかけているものごとを明らかにする。彼は悪魔のような洞察力を持っているのである。彼は人々に、彼らが望んでいること、あるいは恐れていることを示して、彼らの人格を徹底的に試す。例えば、ロダリーゴー〔『オセロー』の登場人物。ヴェニスの紳士。〕が、デズデモーナを忘れて他の誰かと結婚したということもありうる。しかし、イアーゴーは、ロダリーゴーが求婚に失敗したことを持ち出し、又、彼に希望を抱かせて、悪意と妬みに満ち、おめでたい愚かな気持ちからとてつもない愚行や罪も犯すことができる、ロダリーゴーの狭量で馬鹿げた本性をさらけ出させるのである。ロダリーゴーは、女王のような女性を、金で自分のものにできると考えるような愚か者である。イアーゴーは、ロダリーゴーの愚行の触媒の働きをするにすぎない。もしロダリーゴーが破滅しなかったとしても、彼が救われるのは全くの偶然だっただろう。さて、イアーゴーは、最大の課題として、オセローを失脚させようと企てる。そして我々が、オセローに及ぼす彼の触媒的作用に気づき、それによって、悲劇的結末がもたらされる必然性を悟ることができるのは、イアーゴーの行動と台詞あってのことなのである。

劇には始めから、陰謀の雰囲気が漂っている。そして、我々がオセローを知るのは、まず敵の眼を通してである。冒頭、イアーゴーがロダリーゴーを老獪に操っている姿が見られ、イアーゴーの手並みが予め示されていると言える。イアーゴーは、オセローとデズデモーナとの結婚をブラバンショー〔『オセロー』の登場人物。元老院議員、デズデモーナの父。〕に暴露する手筈を整えている。彼はこの結婚を、その結びつきが「お楽しみはお楽しみだろうが」(3)忌まわしい行為に見えるように伝えたいと思っているのである。恐ろしい非難の叫びのまったただなかで、この恋愛は、情欲に突き動かされた一種の強奪として、ブラバンショーの知るところとなる。デズデモーナの父親は、娘とオセローとの関係をこの上もなく猥褻に描いてみせられる。ブラバンショーがこの結婚について最初に抱いた見方のせいで、彼がこの結婚を受け入れるチャンスは全くなくなってしまう。彼は無意識に、この結婚は特別の素晴らしい関係かもしれない、という可能性を考えようとしなくなる。もちろん、イアーゴーの餌食となる人々が皆そうであるように、ブラバンショーは、巧みに植えつけられた解釈に従うように仕向けられているのである。

彼は立派なヴェニス人、重要な地位と財産を持つ堅実な男である。(4) 彼にとって最もよいのは、故国にいること、ヴェニス人であることである。ヴェニスには法と秩序があり、ヴェニス流のやり方がまさに行為の基準なのである。どのようなものであれ、他のやり方、すなわち異国のやり方を、黙認したり、また称賛しても構わないが、それは決してヴェニスのものと全く同等ではありえない。ブラバンショーは良き市民のモデルであり、どの父親もそうであるように、自分の素晴らしい娘が、彼自身、自分の最も良い資質と自負しているものを受け継いでいて欲しいと思っている。彼の娘は、彼の分身と言える。従って、彼女がヴェニスの基準を捨て去るということは、父親とヴェニスの不名誉の種となる。彼には、それは魔法のなさしめた結果としか考えられない。彼女は彼の娘である。だから、彼女か彼かどちらかが、どこか間違っているにちがいない。どちらにしても厭わしいことだが。それゆえ、その原因はなにか超自然的なものにちがいない。ブラバンショーは特に迷信深い男ではない。まったくその反対である。彼は非常に謹直で道理をわきまえた男なのである。その道理は、身のまわりのものや一目でわかるものしかあまり理解できない、善良な市民の道理である。それを越えた重要な領域があるということになると、自分の小さな世界の中でこれほど手際よく仕事ができる道理そのものが破綻してしまうだろう。近代なら「外来の哲学」に罪を着せるところで、ブラバンショーは魔薬を引き合いに出す。オセローに対する彼の台詞は常識の傑作であり、常識という機能の持つ長所と欠点を明らかにしている。彼は繰り返し、ものの道理をわきまえるもの、そうとしか考えられぬものに訴える。(5)彼には、ふつう人を惹きつける魅力のない、もっぱら精神的交わりに基づく関係は理解できない。あるいは、もっと好意的な表現をするならば、このように異質な者の縁組が純粋に精神的でありうるとは想像できないのである。それは、彼が言うように、自然の情、年齢、人種、外聞、すべてを忘れた関係である。(6)彼はきわめてはっきりと問題を提起する。彼らの愛情の基はいったいなんであろうか、と。

こうして、二つの選択肢がはっきりと、一つの選択肢が暗示的に示される。すなわち、この結婚の原因は、獣じみた情欲か、魔術の使用か、あるいは——観客が推測するかもしれないように——人間の交わりにはあまり見られない、なにか美しく素晴らしいものか、なのである。オセローとデズデモーナが対照的であること、また彼らの結婚が衝撃的な性格を持っていることを表現するために、シェイクスピアはあらゆる趣向を用いている。エリザベス朝時代の聴衆にとって、この関係が異常であることは、二重の意味で明らかだった。人種的偏見は、近代的な意味でも、また、独特の政治史を持つアメリカにおけるような形でも存在しなかったけれども、国家間、人種間および宗教間の相違は、ことによるともっと強く意識されていたかもしれない。世界は現在より大きく、現在より不均一で、信条、好み、願望は、まだ国民ごとに基本的に異なっていた。様々な国々の間には今ほど接触がなく、国境を越えたところにいる人々は野蛮である、という意識が強かったが、その意識は、ある種の外国人が時折姿を見せることによって消えずに生き続けた。そのうえ、外国人や肌の色の違う人々に対して最初に抱く気持ちを、感情よりむしろ内省や観念的な確信に基づく態度で抑えたり変えたりするように、と理性的な市民に強いるリベラルなイデオロギーは全く存在しなかった。また、人種、信条、民族間の差別を根絶しようとする試みを後押しする、有無を言わさぬ政治的理由もなかった。従って、この劇が対象としていた聴衆にとって、オセローのエキゾチックな特性は耳目を引くものであった。シェイクスピアは観客の感情を刺激するために、最も視覚に訴え人目を惹く手段——オセローの肌の黒さを選んだのである。(7)

オセローの肌の色は、視覚的な対比を見せるだけでなく、見る者をぞっとさせる目的も持っている。シェイクスピアが、これはイングランド人の偏見にすぎない、と個人的に感じていたかどうかは、ここでは問題ではない。明らかなのは、オセローが劇中の他の人物に肉体的に嫌悪感を抱かせること、「色白のデズデモーナ」の隣に配された「黒いオセロー」が見る人を刺激するよう意図されていることである。だからと言って、彼らが結婚するのを禁ずる、なにか人種差別的な原則があるわけでも、肌の色が白くないからといって、オセローが劣った存在とみなされているわけでもない。というよりむしろ、彼は若い美人のロマンチックな関心を惹く標準的ないし適切な選択肢とは考えられない、ということなのである。イアーゴーは、皆がオセローは醜いと考えていることを知っており、彼の毒が効き目を表すのは、ひとえに彼がこの考えを巧妙に操作するかどうかにかかっている。この考えは、デズデモーナは自分の求婚を承諾するだろう、というロダリーゴーの馬鹿げた思いこみ、自分の魅力についてオセローが抱く、心を刺す疑いの念、醜い誘惑があったのだろうというブラバンショーの仮定が成り立つための必要条件なのである。公爵に対するブラバンショーの訴え全体が、オセロー「のような男」にデズデモーナが肉体的に惹かれるなどとは信じられないのは明らかだ、という点に基づいている。[8] 劇場では、登場人物の肉体が存在することによって想像が限定されるので、絵画におけると同じように、人物の道徳的な価値が風采から推し測られる傾向がある。そのような状況においては、オセローの肌の黒さは圧倒的な効果をあげ、克服し難い方向づけをもたらすにちがいない。『タイタス・アンドロニカス』においては、ムーア人アーロンとゴート族の女王タモーラ〔二人とも『タイタス・アンドロニカス』の登場人物で、アーロンはタモーラの愛人。〕との関係が、汚らわしく野蛮人に特有なもの、と即座に感じられるようにもくろまれている。また、ムーア人の大公の「顔色」に対するポーシャの反応は確かに、エリザベス朝時代の人々すべてが感じていることを表現したものだ。彼女は健全な好みを持っている者として描かれており、ムーア人の求婚者の件では、非常に魅力的でないものと永久に結び付けられる危険を冒していたのである。

聴衆にオセローについてゆゆしい疑念を抱かせるべくもくろまれているのは、肌の色の違いだけではない。彼がムーア人であるという事実がある。ムーア人は、野蛮で、生まれながらにキリスト教徒やヨーロッパ人と不和である異教徒だ、と一般に考えられていた。彼らは危険であり、文明人が設けた限界を知らない、と思われていたのである。悪党のアーロンは、ムーア人に対するこのような見方をシェイクスピアが全く知らなかったわけではないことを証明している。シェイクスピアは、オセローが高潔であることを納得させるのには準備を必要としたが、アーロンの場合には、そのような準備もせずに、このならず者をもっともらしく描くことができたのである。また、シェイクスピアの作品におけるもう一人のムーア人である、『ヴェニスの商人』の大公は、滑稽で馬鹿げた人物として描かれている。彼には、好戦的な性格や自分の冒険を物語るところをはじめ、オセローと共通の特徴が沢山ある。彼は、イアーゴーがオセローをそう見せかけたいと思う姿といくぶん似通った姿に描かれているのである。(9)洗練されたヨーロッパ人の社会では、彼は滑稽で、「軍隊用語をやたら詰めこ」んでいるように見える。教育を受けていないイングランドの聴衆にとって、ムーア人は、生まれ故郷の暗黒大陸から謎めいたものや危険なもの、そして新しい宗教をもたらす異邦人であった。シェイクスピアは、ムーア人を主人公にして、既成の思考パターンの反対を行く。彼は、オセローが高潔で優れた人間性を持つことを納得させるために、特別の努力をしなければならない。しかし、その際に彼は、レッシングが『賢者ナータン』〔Gotthold Ephraim Lessing（1729－81. ドイツの啓蒙主義を代表する文筆家・作家）が一七七九年に書いた戯曲。キリスト教、ユダヤ教、イスラム教の共存を説き、寛容の思想を表現している。第三次十字軍（1189－92）の和議が成立したエルサレムを舞台に、ユダヤ人の豪商、賢者ナータンとイスラム世界の名君サラディンとの問答と、ナータンの試練の物語が展開される。〕でしているような啓蒙を図っているわけではない。というのは、シェイクスピアの描くムーア人は、文明人と同じあらゆる回り道をし、思いがけない深遠さを表明したあげくに、聴衆が始めから予期していた野蛮さへと戻ってゆくからである。オセローに対する当初の素朴な偏見は、結末において正当化されるように思われる。

この縁組をこれほど不似合いなものにしている二つの主な理由――肌の色と民族――に加えて、年齢、富、そして社会的身分が挙げられる[10]。エリザベス朝時代の人々にとって、結婚の事情は我々とはいささか異なっていた、という事実を心に留めておくべきである。ロマン主義の伝統を受け継ぐ者として、我々は、愛情があればすべて正当化されると思っており、愛情に共感する。だが、かつては、結婚は取り決められるものであった。父親は、一生涯ともに暮らすのに必要な事柄について、無経験な子供が一時の出来心で考えるよりも、もっとバランスのとれた見方をするものである、と考えられていた。家族の責任と偉大な伝統の継続とを考慮に入れなければならなかった。オセローとデズデモーナとの結婚は、ブラバンショーの願いに背くという点で、これらすべてをないがしろにするものであった。我々を即座にオセローの味方になるように仕向けるもの――彼が異国の生まれで肌の色が違うのにもかかわらずデズデモーナに愛されているということ――が、シェイクスピアの聴衆には再考を促したに違いない。もしこのことを考慮に入れないなら、オセローは無慈悲な迫害の犠牲のように思われ、彼の偉大さも弱さも我々の眼には見えなくなってしまう。シェイクスピアが物語を語るのは、こうした背景の下でなのである。

実際、通常、結婚につきものの外面的なものごとが欠けていることは、これが真実の愛情から生まれた結婚であることを暗示している。それは、金銭や美、そして地位や教育が似かよっていることに支えられた因習的な結婚とは異なっている。偶然で物質的な要素をすべて除いて純化された愛情があるとしたら、それは確かに人間がなし遂げた素晴らしいもの、世俗的な付随物を超越したものだろう。それは、親しい人々というより、真実な人々の抱く愛情であろう。だが、結婚は、そのような純化された雰囲気のなかで存続することができるのだろうか。いったん結婚から因習的な不純物が取り除かれ清められたとしたら、実際には何が残るだろう。オセローとデズデモーナとの愛情はどうして生まれたのだろうか。オセローが彼女に魔薬を与えなかったこと、また、彼らのロマンスについてのイアーゴーの猥褻な描写は偽りであり、洗練された感情にショックを与えようとして企てられたものであることは確かである。オセローはおそらく、肉体的な楽しみを欲する年代を完全に過ぎているのだろうし（「若い血は私にはもうありません」「これの望みをできるだけかなえてやりたいのです」）[11]、また、もしも仮りに二人が結婚の契りを結んだとしても、それはキプロスに赴く前のことではなかった。デズデモーナでさえ、オセローを肉体的に好ましいとは思っていない。[12]彼女は単に愚かで無経験な子供であり、オセローは金持ちの娘との結婚を望む男だった[13]、という考えはしばらくわきにのけておくとするならば、二人の関係は、プラトニック・ラヴとして知られるようになっているもの——情熱がないわけではない、というよりも、むしろ最も熱烈な情熱に数えられるが、肉体的な必要を完全に超越し、互いの敬愛に基づいている愛情——の一例であるように見えるだろう。こう考えると、それぞれが敬愛していたものは正確には何なのだろうか、という問いが生ずることになる。

ブラバンショーは、自分の娘という姿をとって踏みにじられたヴェニスを、ヴェニスが助けにきてくれると思い込んでいた。しかし、イアーゴーが十分に承知していたように、国家理性はオセローを必要としており、彼に不利な請求はなんであれ却下しようとしたのである[14]。きわめて有力で尊敬を集めている市民たちの攻撃にも耐えられるほどヴェニスにとって重要であり、ブラバンショーと一緒に姿を現わすと、公爵がもはやこの元老院議員に気づかないほどまでに、ブラバンショーその人を凌ぐほど抜きんでている、このオセローとは何者なのだろう。オセローは、ヴェニスを守る者、他の異邦人すなわちトルコ人の攻撃を防ぐために迎え入れられた異邦人なのである。トルコ人はヴェニスとは異なる宗教を奉ずる人々であり、オセローもまたかつては同様であった。しかし、現在彼はキリスト教に改宗しており、その教えにきわめて忠実である。そして、ヴェニスの大義を思う彼の熱情の多くは、そこから生まれているのである。

初めて我々の前に姿を現わす時、オセローは、彼の評判と彼に置かれた信頼とに十分値する人物のように見受けられる。彼は、静かな力とそれとわかる有能さが人の眼を惹く、飾り気のない品位を備えた男であるように思われる。彼は、自分を信頼している点、一見して明らかに、自らの価値について何物によっても揺るがされない確信を抱いている点で、きわめて強い印象を与える。彼は、彼を攻撃する人々こそ卑劣で狭量である、と思わせるような威厳を持って悪口を耐え忍び、即座に、正義は彼の側にある、という印象を与える。彼はよく釣合いを保ち、ブラバンショーの年齢と真価とに敬意を払いつつ、一方で、自分こそ正しいのだという確信、抗議の必要もないほどしっかりと抱かれた確信から生ずる威厳を決して失わない。彼は、自分の実績はこの都市で高く評価され、自分は重んじられていると確信している。その上、彼の家系は王族の血筋であり、従って彼には、どのヴェニス人にも劣らぬ品位がある。明らかに彼は、世界の中の自分の地位に確信が持てない、根無し草の外国人ではない。一言で言えば、彼は自分自身の信念に従って、自足しているのである。この劇で最も驚くべきことは、このような確信の極致から疑惑のどん底が現れることである。ほとんど信じられない変容が起こる。そして、この劇の最も深い意味は、この展開についてのシェイクスピアの分析に含まれているのである。

それでは、この恋愛は、どのようにして生まれることになったのだろうか。驚いたことには、オセローの行為によってではなく、彼の物語によってなのだ。彼は、自分は行動の人に過ぎず雄弁ではない、と主張するが、彼がデズデモーナに及ぼした影響の源泉は、彼の過去についての恐ろしい物語なのである。オセローは、自分は話し下手で、単なる言葉を軽くみているのだ、と言う。だが、彼はほとんどもっぱら物語によって、他人に影響を及ぼしているように見える。彼は、彼が行ったと思われているることによって強い印象を与えるが、その偉大な行動がなされたと我々が信ずるのは、実際にはただ、彼自身がそう証言しているからにすぎない。彼が自分の力のほどを証言し、それが信じられているのである。[15] 自分の求婚の成り行きを物語る名演説において、彼は、近づいてきたのは優しいデズデモーナであり、彼は求婚されたのだ、と思わせる。デズデモーナは、彼が行なった信じがたい行為やこうむった激しい苦痛に感嘆した。彼は、彼女が自分を哀れに思ってくれたので、彼女を愛したのである。彼は彼女が自分を愛してくれたがゆえに彼女を愛したのであり、それは自分の価値を確認するようなものである。彼は苦しみを嘗めたがゆえに愛されるのであり、哀れみから彼女の愛が生まれるのである。この恋愛をこのように表現するということは、オセローが自分に満足していることとしっくり調和する。彼は称賛に値する人間であり、自分を凌駕するものをほとんど必要としていない。デズデモーナを獲得することは、有徳の生涯を送る者にとってこの上もないことである。オセローは自制心のある、注目に値する資質を持つ男であり、デズデモーナは堅実かつ高潔な人間を求めているのであるから、この関係は健全なものなのである。

3

しかしながら、劇が進行するにつれ、オセローは外見ほど、あるいは自分が思っているほどには、しっかりとヴェニスに根を下していないことが明らかになる。その理由を理解するためには、しばらく、時と所に関わらない、本来あるがままの姿の政治共同体の性格を思いめぐらす必要がある。市民社会は閉鎖的な団体である。そこに住む人々は、彼らが外国人と呼ぶ人々とは共有しない、ある種の絆で結ばれている。その状況は家族に似ており、事実、政治共同体はしばしば一種の家族であると考えられている。一人の人間が他でもないある特定の場所に生まれるのは、単なる偶然かもしれない。しかし、その偶然は、彼の人間形成の上で決定的なものなのかもしれない。都市には、それぞれその都市の風習と神がある。都市の生命そのものが、この排他主義（particularism）に左右される。つまり、生きるために、都市は先祖伝来のやり方を守らなければならないが、そのやり方とは、人間的な偶然の出来事と、今ここの状況に適合させられた特別の制度とを組み合わせたものなのである。良き市民であるとは、このようなやり方をひたすら守るという意味である。普遍性、つまり永遠の相における人間の本質を熱愛するコスモポリタニズムは、政治的生活に必要な愛着の絆を破壊してしまうだろう。実生活においては特定の不完全な環境に適応する必要があり、理論的には重要でない考慮が重視される。人間として、生活者として生きるためには、人類は区分されなければならない。友と他人とを区別しなければならない。そして人間は、仲間の市民と自分たちの都市とに、他の何によりも心を配らなければならないのである。生まれつき属していたわけではない家族のメンバーになることが本当の意味では誰にもできないのとちょうど同じように、自分自身のものでない都市に深く根を下ろすことは誰にもできない。ある意味で、人間の同胞愛は都市の壁を越えて広がることはないのである。あるいは、人間の同胞愛は二つあるとも言える。一つは普遍的人間としてのもの、他の一つは実生活者としてのものであり、この二つは同じ規準では測れないのである。人は自分の都市にいなければ十分にくつろぐことはできない。都市が彼に生活様式と目標とを与える。彼は都市から所属意識を得、世界において自分が何者であるかを知るのである。すべての人間とは言えないにしても、ほとんどの人間が、都市における自分の地位を通して自分自身を知るのである。何が正しく何が間違っているか、また何がまともなのかについてどう考えるかは、この全体の一部なのである。そのような世界に全く無頓着な存在、なんら特別の地位を必要としない存在があるとしたら、それは意識されない情念のままに生きる獣か、物音一つない宇宙の広大な広がりから自分の従うべき法と志とを汲み取ることのできる超人、つまり一種の神的存在かのいずれかであろう(16)。

オセローは、ヴェニスでくつろいでいるように見える。だが、この外国人は、肌も黒いのに、どのようにしてこのような地位に到達できたのだろうか。いくつか直接的な可能性があるように思われる。彼が他人の意見を気に掛けなかった、という選択肢は、除外することができる。彼は敬意を払われることを要求する。デズデモーナの殺害そのものも、自分の名誉のためにしたのだ、と彼は言うのである。彼は、自分がどのヴェニス人にも劣らず立派な素性であることを指摘する必要を感じている[17]。彼は誇り高い男であり、誇りは侮りに耐えられない。真に誇り高い人間は、私的な利害関係という狭量な関心事を超越し、共通善に身を捧げることができるがゆえに、自分が他人に優越していると考える。他の人間から受ける誉れが、彼が得る報いなのである。彼の地位は名声で成り立っている。オセローは、自分は称賛される値打ちがあり、また実際に賞讃をかち得てもおり、自分の功労をヴェニスは本当に有難く思っている、と信じている[18]。彼の美徳は、彼の出生という偶然事に優っているのである。オセローは、自分が至るところで高く評価され、また実際に価値の高い人間であって、どんな所に行っても受け入れられる、と信じている。都市の壁は、実際には美徳を隔てるものではないのである。その一方、彼は、自分を取り巻く人々の意見に照らして自分自身を評価するしかない。この点で彼の状況は矛盾している──すなわち、彼は特定の国家の習俗にとらわれてはいないが、都市によって与えられる名誉、都市ごとに異なり、一般的には市民が受けることになっている名誉から、どの市民にも劣らず自分の地位を引き出しているのである。都市のなかで営まれる実生活の次元で、都市を超越し普遍的な人間になることが本当に可能だろうか。「生まれながらの」故国を全く持たない人間が、政治家になることができるだろうか(19)。

オセローが抱える問題は、彼が傭兵であるという事実によって、最も明らかになる。傭兵は伝統的に低級な人間とみなされている。彼らは自分の勇気を、一番高く買ってくれる人に売る。市民にとっては高潔であるものが、傭兵にとっては一種の卑しさとなるのである。市民は、法律のために自分の存在を危険にさらす。彼は法律の持つ尊厳を貸しあたえられ、自分の命以上のものに身を献げることによって讃えられる。傭兵は、市民が軍務に服することに意味を与えるもの自体に関心を持たない。彼は、自分が守っているものを本当に気遣っているわけではないのである。英雄的行為に付随する栄誉は、他人よりも人殺しに長《た》けているというだけの者には与えられない。動物や邪悪なものに優るためには、人間の死は、命より崇高な大義の名の下に命を犠牲にしたものと解されなければならないのである。たとえ傭兵が高潔な気持ちで戦うことを望んだとしても、不可能であろう。というのは、傭兵は、市民が自分自身のものを気遣うようには、気遣うことができないからである。また、人間はその本性からして、自分に栄誉を与えようとしない者に進んで仕えることはしないものである。したがって、傭兵は、市民の最も気高い行いを戯画化する低級な人間である、ということになる。

しかし、オセローは、金銭のために命を売ることを拒むという矜持を持たない、そのような鈍感な人間ではない。彼は戦うことと自分自身とを同一視する人間、また既に述べたように、自分の価値に敬意を払うことを要求する人間である。彼はどのようにしてこれほどヴェニス風になることができるのだろうか。その理由の一つが彼のキリスト教信仰にあることは、間違いない。彼はトルコ人との戦いに従軍しており、真のキリスト教徒の団結は一種の同胞愛、つまり地域的な差異が色あせて取るに足りないものになるほど圧倒的な影響を及ぼす同胞愛である、と信じている。彼には、あちらこちら放浪し、人々がキリスト教信仰を持っているところではどこでも、尊敬されて、やりがいのある仕事をする、キリスト教徒の遍歴の騎士の面影がいくぶんか見られる（オセローが生来は、ヴェニスにとってと同様にキリスト教にとっても異邦人である、ということに注意を払うのは重要なことである。宗教の点でも人種の点でも、彼は生まれから言えばトルコ人の方に近いのである）。地域的なもの――それは古代においては政治的なものの意であるが――は、キリスト教的な脈絡では、一人の人間にとってそれほど重要ではないのである。

この信仰共同体のおかげで、オセローは、自分の本分でないことに関心を抱く部外者という滑稽さや雇われ代行者という俗悪さを呈することなく戦いを交え、またその戦いの目的に心を配ることができるのである。キリスト教の信仰は、出生という偶然や教育の特色、あるいは社会的地位の相違によって限定されないコスモポリタニズムをもたらす。オセローがキリスト教を信仰していることの重要性は、彼自身、尊厳と目的を意識しているという点でも、この信仰がなければ乗り越えられなかったであろう境界を踏み越えることができたという点でも、どんなに評価してもしすぎることはない。

キリスト教信仰が実際、本当に必要なものであるとすれば、その信仰を擁護する者は名誉と尊敬を受ける価値があり、信仰の普遍的な結びつきの内部には異邦人は存在しないことになる。オセローのいまわの言葉は、彼が忠実な信者たちのうちでも最良の者に数えられることを再び思い起こさせる。彼がヴェニスに愛着を抱いているとしたら、それは、彼がこの都市をキリスト教信仰の具とみなすことができるからである[20]。

しかし、オセローが、自分で考えているほど、また自分で考えているような仕方で敬意を払われているかどうかは疑わしい。彼は、自分は市民と同様な配慮を受けている――つまり、愛情と正義には、都市に属している者と部外者とで別の基準があるわけはない、と信じている。オセローは自分自身を、手段、すなわちヴェニスの手中にある道具ではなく、目的、すなわちそれ自身価値のある存在であると考えている。それにもかかわらず、劇の冒頭では、彼は九ヵ月間失職していたことになっているのである。イアーゴーは、オセローが用いられているのは、当面ほかに誰も指揮をする者がいないからにすぎない、と思っている[21]。さらに、オセローは勝利がかち得られると直ちに罷免される、という抗することのできない事実がある。彼が最小限、ヴェニスの差し迫った必要のためだけに用いられているということには、ほとんど疑いの余地がない。彼は市民ではないのである[22]。だが、さらにまた、彼が、最高の将軍であると噂されているほどには将軍として抜きんでていない、ということを知るのも、この上もなく重要なことである。公爵が言う[23]のはこのことである。オセローは評判の高い男であるが、イアーゴーが明らかにしているように、名声と、真実それに値するということとの間には決定的な相違がある。(24) オセローは信頼されている。だが、他の劇で描かれる軍人の場合と違って、劇中、彼の武勇の実例は示されない。唯一の軍事的成功は、偶然、すなわち暴風雨がもたらしたものである。これに対して、彼は勝利を宣言し、彼の名声は高まる。しかし、彼は実際には、この勝利を導いたわけではない。デズデモーナは、彼の物語ゆえに彼を愛する。オセローは、イアーゴーの言うとおり、戦争のみごとな語り手なのである。

私は、オセローは名声に見合うほどのことはなにもしていなかった、と言っているわけではない。ただ、彼が自分の名声を盾に自分の意見を他人に押しつける様子は見られるのに、彼が行ったことについての直接の証言や証拠は何も示されていない、と指摘しているにすぎないのである。彼は、人間が英雄を必要とすることを示す、一つの事例のように思われる。都市や軍隊にはそれぞれ指導者が必要であり、指導者は、命令を下すことができるために、敬意を払われなければならず、それどころか偶像視される必要すらある。彼らの美点がどのようなものであれ、戦争という危険な企てに携わるのに必要な自信を持てるように、彼らには権威が授けられなければならない。指導者をめぐって、彼ら自身の手によるのではなく、民衆の必要から生まれる神話が出現する。指導者には超人的な美点がある、と考えることによって、人々は彼らに服従することができる。オセローは、「世論がより安全を願って出馬を請う」男であり、世論は「事の成敗を支配するもの」なのである。オセローは一般に受けがよいので、公爵には、彼が貴重な人間であることがわかる。オセローは敬意を払われているので、自信を持っている。そして彼が敬意を払われているのは、他の者たちが危険に際して自信を持てるためなのである。これは、世論に左右されない現実に基づいている、とは言えない循環論法である。

オセローにとって、これは、もし世論が変われば彼は途方にくれることになる、という意味である。というのは、自分のものでないこの都市以外に、自信を手に入れられるところはないからである。彼がキリスト教を信仰していることは、市民社会に古くからある、避けがたい偏見を克服するのには、充分でないことがわかる。自分の力の源泉を知らないことが、彼の性格そのものにある程度影響を与えていた。彼は、自分の名声は当然で、揺ぎないものである、と思い込んでいた。こう感じることができるほど、彼はヴェニスでくつろぐことができたのである。彼の異国性、普遍性と、鏡のように自分自身の姿を映して見るために、ヴェニス人の、したがって地元の世論を必要とすることとの間には、なんの緊張もなかった。戦士としての実際的な才能を活かすために、オセローは故国を、すなわちそれを守るために戦うことに意義を見出せる場所を必要としたのであり、そのためには名声が必要だったのである。この劇が言おうとしているのは、外国人には、そのような名声は不承不承に条件付きでしか与えられない、ということである。それにもかかわらず、オセローは、このことを受け入れたうえで、市民の、ないしは誇り高き男の精神で戦うということがついぞできなかった。現実の自分の立場の弱さに直面しても自信が揺るがないということは、彼の人生が自己認識を決定的に欠いたところに成り立っていることを示している。

　オセローは、根本的には隷属的であるのに、自分は完全に独立している、と言う。そして、彼が独立しているという神話は、彼自身のためというよりも、彼を作り上げた人々のためのものであるように思われる。もしも彼らが、オセローは自分たち自身が創造したものであることを知れば、彼らは彼を信頼できなくなるだろう。この創造の目的そのものから言って、それが発見ではなく創造であったということを忘れる必要がある。これは、神話がつくり上げられた目的を達成するのに不可欠な自己欺瞞なのである。もしオセローがヴェニスを征服する方向に一歩踏み出しすぎなかったなら、すべてはうまく運んだであろうし、オセローの本当の立場が明らかにされることもなかっただろう。その一歩とは、彼がデズデモーナと恋に落ち、彼女と結婚したことであった。デズデモーナという形で、彼はヴェニスの名家の一つの、一番美しい花を選んでしまったのである。彼女と結婚することによって、彼は、自分がヴェニスにおいてヴェニス人に十分に愛されていること、風土に十分なじんでいることを立証したように思われる。求婚の際も、彼は、必要を感じているのは自分ではなくデズデモーナなのだ、と装い続ける。彼女が愛し、彼は愛されているのである[25]。彼は依然として、彼の持つ特質ゆえに他の人々が頼みにする、独立した存在である。だが、イアーゴーには、これが真実ではないことがわかっている。イアーゴーが彼の企む破滅をもたらすことができるのは、オセローがデズデモーナに完全に依存していることに――オセロー自身はこのことに全く気づいていないのだが――イアーゴーが気づいているからである。

4

古典的な分析によれば、愛は不完全、不足を意味する。人が相手の方へと向かってゆくこと、相手のなかに賞賛すべきものを認めるということは、賞賛の念を抱いている人に何かが欠けていることを暗示する[26]。所有したいと願うものを、人は、まだ所有していない。相手を所有したいと思うということは、愛されている対象の持つ特質が愛する者には欠けていることを暗示している。したがって、もし完全な人がいるとすれば、彼は愛することはないだろう。なぜなら、彼のうちには、賞賛すべきもののすべてがあるだろうから。彼が自分自身の外に出てゆく十分な理由はなにもないだろう。必要もないのに愛するふりをする者は、詐欺師である。愛する者は、愛するということ自体によって、自分が愛している者に依存していること、そしてこのような意味で、愛されている者より劣っていることを認めているのである。愛されている者は、愛されているからといって、愛に報いることはしない。学識豊かなために愛されている者は、愛する者を、無知だからといって愛することはない。もしかりに愛に報いるとしたら、それにはなにか別の理由が──愛する者の方でも、愛の対象となるような何か他の美徳を持っている、という理由があるのである。愛する者には、愛しているからといって、自分が愛する者に愛情を要求する権利は何もない。反対に、彼は、愛することによって、自分は不完全であると告白しているのだが、愛されている者にはそれに応える義務はないのである。愛されている者は特権的な立場にあり、愛する者は、愛情が報われない場合には、自分には価値がないことを意識するようになり、自信を失い始めるに相違ない。彼の人間としての価値が問われるのだが、彼には不平を言う権利はない。というのは、愛は義務の問題ではないからである。

それにもかかわらず、愛する者はみな、自分も愛されることを願う。というのは、愛が報われて初めて、彼は自分の愛する者を自分のものにすることができるからであり、さらに、彼の自尊心がかかっているからである。相手に心を傾けた途端に、彼は自尊心ゆえに相手に左右されるようになってしまう。同時に、愛しているという事実によって、自分が相手に値しない者だとある程度認めてしまったことによって、彼は自分の立場を二重に難しいものにしてしまう。オセローは、自分がデズデモーナを必要としていることに気づいていない。彼は、彼女が自分を愛していると信じ、安心して自分の価値を認めているのである。しかし、彼は、本当は彼女の愛を愛しているのであり、まさに自分が生きていくために、その愛を必要としているのである。彼は、愛されなくなれば自分はこの世にいない、と言う。イアーゴーは、このことにはっきり気づいている。オセローは、とイアーゴーは言う、デズデモーナのためなら自分の洗礼も取り消すだろう、と。「女への情欲がやつの思考力に対して神の働きをしているのだからな」[27]、と。オセローは、初めて自分の立場を認識する気配を示す場面で、「おまえを愛さないときがくればこの世は混沌の闇に飲まれよう」と言う。彼が生きている世界は彼の愛が創造したものであり、その愛が存続するか否かに左右されるのである。イアーゴーの企みが成功するのは、彼がオセローに、デズデモーナに愛情を抱いていることと、その愛情は必ずしも報われるとは限らないこととを悟らせるからである。いまやオセローは、自分が生きていることを正当化するために、愛されている証拠を必要とする。彼がこれまで住んでいたトランプの家全体が、崩れはじめるのである[28]。

愛されている証拠を必要とするようになると、オセローは、それを手に入れるのは、特に「身分の高いもの」にとっては不可能かもしれない、ということも実感するようになる。彼らよりも低い地位にいる者たちが、あらゆる手管を使って彼らを説得したり欺いたりしがちだからである。全知の者でなければ、人間の魂の動きを観察することはできない。行為は決して証拠とはならない。なぜなら行為は、特に愛の問題においては、両義にとれ曖昧だからである。人は、相手が自分をどう考えているかを確実に知ることは決してできず、それを知る必要がある場合には、確実にと思えば、この上もなく深い苦悩に苛まれることにもなるのである。イアーゴーは横柄な態度で、オセローにこのことをわからせる。まず、キャシオー〔『オセロー』の登場人物。オセローの副官。〕とデズデモーナについて知っていることをオセローに教えるのを拒み、さらに、奴隷でも心の奥でなにを考えるかは自由だ、と主張して[29]。自由に愛せるように、人間の愛憎は、生来、傍目にはわからない仕組みになっている。人目につかないことが自由の前提条件であるから。ついでイアーゴーは、けたはずれの猥褻さで、最も尊いものと思われている信念に衝撃を与え、オセローが最も恐れている懸念が現実となる様を描いてみせて、行為がどんな意味を持っているかは決してわからないものだ、ということを彼に示すのである[30]。

嫉妬が優勢になり勝利を収めるのは、この時点である。『オセロー』は、誰もが認めるように、一人の嫉妬深い男の物語であり、この劇の真価は、この恐ろしい情念の原因と結果の分析にある。嫉妬は本来、弱い者、なさけない者の抱く情念である、あるいは、一般にそう信じられている。劇中で嫉妬に苦しむ、オセロー以外の登場人物──ロダリーゴー、イアーゴー、そしてビアンカ〔『オセロー』の登場人物。娼婦。〕──は、卑しい人物である。だからこそ、自信に満ちたオセローが嫉妬の犠牲になるとき、彼の悲劇は既に完結していることになる。彼は、これまでの自分、あるいはそう見せかけていた自分をすべて失ってしまうのである。それでもなお、嫉妬に本来備わっている狭量さにもかかわらず、オセローのような人となりの男が嫉妬心を抱く場合には、嫉妬もどこか崇高なものとなる。望みが大きく深いだけに喪失感も大きく、怒りは、裏切られた大望が高潔であっただけに激しいものとなるのである。さらに、伝統的な解釈によれば、嫉妬は必ずしもなさけない馬鹿げた情念ではなかった。

手本として模倣することはできないものの、この嫉妬という情念に宇宙的な意義を与える、偉大な前例があった。それは、自分を愛するように命じ、従わない者たちには三代、四代にわたって復讐を誓う、旧約聖書の神である。[31] 神の嫉妬は人間が模倣することのできないものであり、欺かれた夫たちの失望をはるかに凌ぐけれども、普通の死すべき人間たちの嫉妬を更にゆゆしいものにせずにはおかないだろう。命令に背く者たちに対する神の怒りは、欺かれた男たちの怒りに似ている。神の嫉妬がいかなるものかを理解するためには、人間は、自分たちの唯一の嫉妬の経験、つまり人間の嫉妬を理解することから始めざるをえない。そして、ユダヤ教とキリスト教とが結婚を神聖なものとしたことによって、嫉妬の動機さえ似かよってくる。嫉妬深い夫は、神聖な掟に背いたことに対して正当な復讐をすることになる。夫は、主なる神に似せて創られているのである。

こう言ったからといって、旧約聖書の神が人間の嫉妬を正当化しているというわけではない。ただ、神の嫉妬によって、およそ嫉妬と言われるものが、聖書以外の文脈では見られないような意義を持つようになる、というだけのことである。主人公の主な特徴が、誤って妻の不貞を疑うことであるようなギリシア悲劇を想像することは難しいだろう。それは喜劇の主題ということになろう。「嫉妬」という言葉の意味が膨らんだことで、嫉妬に苛まれる者たちに対する我々の見方が無意識のうちに影響を受けたので、シェイクスピアはこの離れわざをなし遂げることができたのである。シェイクスピアのオセローはまさに、人間の舞台で神の役割を演ずる。[32] 彼は特定の集団に縛られず、どこに赴いても命令し罰を与えることのできる指導者なのである。彼は自分に栄誉を与えることを強要し、従わないものには血なまぐさい復讐をする。シェイクスピアは、これほどまでに神の如くなろうとする男の心に潜む詭弁を分析するのである。

アフリカからヴェニスにやって来たこの異邦人は、見かけは穏やかで、誰にも何も無理強いしない。彼は自分に注がれる敬意と愛情とを無償の贈り物として受け取るが、彼自身も愛情深い人間である。しかし、彼の愛からはやがて、嫉妬と、以前には想像できなかったほど激しい主張とが姿を現すのである。嫉妬とは、イアーゴーが言うように、疑いである。それは、報われない、あるいは報われないのではないかと思われる愛につきものである。嫉妬するということは、自信がないということである。自分が愛される価値があることを知っている男は、嫉妬深くはならないものである。もし妻が不実であれば、彼はもはや彼女を愛する価値のあるものとは思わないだろう。彼自身が試金石なのである。このような態度こそ、オセローが取るべきと考え、また実際に取ると言明しているものである。[33] 彼は、デズデモーナを忘れるつもりである。嫉妬は、嫉妬心を抱くものが不完全であることを示すがゆえに、なさけないものである。嫉妬に苛まれる者は、自分自身が魅力的でないか、あるいは愛している者が堕落しているか、どちらかである、と考えなければならない。だが、彼はそれにもかかわらず愛し続け、愛し愛されることが正しい、と思い続けるのである。

嫉妬が自らを嫉妬とみなすことは、かりにあるとしても、稀である。嫉妬に取り付かれている魂には、むしろ自らが正義に見える。嫉妬による復讐は、犠牲者の当然の報いであると言われる。彼女は不実だったのである。だが、自分を愛することを強要する者が愛される価値がない場合でも、不実は罪になる他ないのだろうか。自分のものを手離さないため、あるいは自分のものになることを拒む者を罰するために、自分の利益を図って刑を申し渡す者は、裁判官ではなく暴君である。彼は、自分を愛せ、と主張する。しかし、力ずくで手に入れることができるのは服従だけで、愛ではない。愛は、自発的に与えるものなのである。見返りを強要する愛は、暴力である。それがどのようなものであろうとも、嫉妬深い男は、自分を動かしているのは嫉妬である、と認めることはできない。なぜなら、そんなことをすれば、自分の行動は自分自身のためであり、自分が裁く者たちの利益に反していることを白状することになるからである。彼は、自分は不当な扱いを受けてきたのだ、本当に愛される値打ちがあったのだ、というふりをしなければならない。そして、愛される値打ちがあるという証拠は、実際に愛されるということなのである。

オセローは裁判官として姿を現す。実際、彼が劇中で行なうのは、裁くことだけである。その実例が二つあり、それらを比較することは、オセローの本当の要求を理解するうえで有益である。彼が裁くのは、キャシオーとデズデモーナである。キャシオーに対する裁きは、ある意味でデズデモーナに対する裁きを準備するものとなっている。それは、オセローの裁判官としての長所と限界とについてヒントを与えるものである。

キャシオーは、イアーゴーに言いくるめられて酒を飲み、騒動を引き起こす。オセローが現場に到着する。彼は全面的な指揮権を持ち、皆が彼のほんのちょっとした言葉や身振りにも服従するものだと決めこんでいる。彼の嫉妬心はまだ生まれていないのである。[34] 彼は、その場でキャシオーを罷免する。それは、人間の正義の観点から見れば申し分なく正しいことである。キャシオーは兵士であるのに、任務に就く前ずっと酒を飲んでいた。揉め事に巻き込まれた不運な事情があるからといって、士官の責任を免れられるものではない。だが、シェイクスピアは、完璧な正義の観点から見ればこれは誤りである、とわかるように、この場面を描いている。キャシオーは騙されて、全面的に責任があるように見せかけられているが、本当の犯人はイアーゴーである。オセローは、なされた行為に基づいて裁きを下す、立派な人格を備えた将軍である。彼は、隠された動機を詮索しようとはしない。彼は外見で判断する。裁判官は誰でも、自分は正義の原則を知っており、自分としては、裁かれる人々に私心を抱いてはいない、と信じているに違いない。彼は、確実だと信ずる知識をどこからか得ているに違いない。さもなければ、気が咎めて、他人を裁くことはできないだろう。裁判官は、この知識を法律から得る。オセローは、軍紀の規定に従って、キャシオーの件を処理する。この規定は範囲が限られている。それにもかかわらず、それは、万人が認めるものが正義の真の形態であることを表わしており、その規定に限界があるのは、その目的――軍の規律――が限定された性質のものだからであって、その規定が不公平であったり偽善的であったりするからではない。

デズデモーナに対する裁きは、これと鮮やかな対照をなしている。ここでは、オセローは、外に表われる行動ではなく、意図、すなわち魂の最も奥深い動きを裁きの対象にしている。彼は、行為という証拠を必要としない[35]のである。確信がないために、彼は、罪ある行為が実際にあったと思いこむようになる。この憶測によって狂ったようになって、彼は、デズデモーナの不実を証明することしか望まない。彼はいまだに、自分は判官だと思っている。だが、いまや、彼の権威を裏づけているのは、もはや軍の秩序の安寧ではなく、彼の愛される権利なのである。彼が彼女の愛を必要としているということが、彼女の彼を愛する義務に形を変えてしまっており、その義務に裁きを下すのは自分の役目だ、と彼は思っているのである。だが、裁判官というものは、自分が裁く者と利害関係を持つべきではない。疑念が増大するにつれて、彼の生活の仕方やものごとの理解の仕方全体が変わってしまう。彼はもはや気前がいい開けっぴろげな態度がとれず、人を疑わない気質でもなくなっている。彼は疑い深い。オセローにとって、行為はもはや額面通りの意味を持たない。折り目正しい外見は、いまやその下に悪意を隠しており、この悪意は肉体的な情念であると言ってもよい。純潔が、オセローの崇拝の対象となっている[36]。デズデモーナが自ら純潔な愛を捧げてくれたこと、それは非常に思いがけないことではあったが、彼はそれを当然与えられるべきものとして受け入れた。その愛を、いまや彼は強要するのである。しかしながら、今では、彼は、このように捧げられた愛を不自然だと考えるようになっている。人間は生来、肉欲にかられる動物である。強制されないのに純潔であるということが、彼には理解できなくなるのである。デズデモーナをオセローにふさわしくないものにする欲望を取り除いて清めようとするなら、社会から隔離し、祈りのうちに人生を送るよう強制しなければならない。[37] 自分の必要から、オセローは、人間を無理やりその本性に逆らわせようとする。愛であると思われていたものが、いまや横暴に変わるのである。それとともに、人間に対する見方が異様に低俗になる。

イアーゴーは、この純潔崇拝の祭司長となって、オセローの「鼻づらをつかまえて」引きまわす。イアーゴーは、オセローの眼に、すべての人間が汚らわしい動物に映るようにする。彼はオセローに、当然彼に与えられるべき愛と名誉が、肉体的な情念によってだいなしにされていることを教える。人間は生まれつき、肉体的な事柄に心を煩わせるようにできているのである。自分の正しさを信じてもらうために、オセローはこの事態を変えなければならない。彼の嫉妬は、イアーゴーに導かれて、非人間的な純粋さ、つまり身体の崇拝を断念するように求める要求となるのである。イアーゴーが猥褻な動機の存在をほのめかしさえすれば、オセローは、誰であれ嫌疑をかけられた者にいつでも復讐する。イアーゴーは、自分の目的を達成するために、オセローが肉欲に対して抱いている激しい憎悪と恐れを利用する。イアーゴーは、他ならぬ、自分が抱いているみだらな関心事を根拠に、説教をする。彼の説教は、キャシオーの運命をこう評するとき頂点に達するが、それは喜劇的とも言えるものである。「これが女郎買いの報いだ。[38]」彼は、自分の秘かな目的を隠すために、オセローの新しい道徳を利用する司祭である。私は、この劇ほど、肉体的な情念が行動の原因であると思われながら、実際には何も重要なことがらの原因にはなっていない劇を他に知らない。魂に潜む、もっと捉え難い悪徳が、行動の根源にあるのである。

魂を思いのままにしようとする、この新しい試みから、必然的に、新しい人間理解の方法が生ずる。魂は目に見えないものである。人間の魂を白日の下にさらすような正義、それはもちろん、犯した行為のみを根拠に判断を下していた古い正義よりも、格段に優れているだろう。しかし、古いやり方は、あるいは、人間の洞察力の限界を認めた上での賢明な自制、すなわち謙遜に基づいていたのかもしれない。新しいやり方では、結果として、魂の真の姿を見ることにはならず、むしろ行動に現れた証拠をすべて排斥し、それ自身では何の意味も持たないしるしに頼ることになる。デズデモーナは例のハンカチを根拠に裁かれるのだが、どう判断するかは、すべてそのハンカチ次第なのである。それは魔法のお守り、それも超人的な性質を持つお守りであり、そのハンカチがあってはじめて、彼女はオセローの心を掴んでいることができる。(39) この物、この単なる物体を十分大切に扱わないように思われる場合には、彼女は有罪であり、彼女の魂は白日の下にさらされる。慣例や儀礼に過ぎないものが、デズデモーナを裁く根拠となる。古い法の皮相性を取り除こうとする試みは、真実からさらに遠く懸け離れた、一種の神秘主義に行き着くのである。

オセローは、正義のために、自ら恐ろしい犯罪を犯す。その殺人の恐ろしさは、正義は厳格でなければならない、という事実の反映に過ぎない。もしデズデモーナの行いについてのオセローの判断が正しく、さらに、彼女は救われるためには自分を愛するしかない、という彼の思い込みも正しいとするなら、彼の残酷な行ないは、恐ろしい責任を果たしたものにすぎないことになろう。「むごいおれだがまだ慈悲の心は残っておる。」(40)と彼が言うのも、正当かもしれない。オセローの残虐さは、彼がつくり出した新しい状況における、この人間的な場面に不可欠なものであるので、この身の毛のよだつ状況に慈悲が現れる余地がある。そして、彼の支配下にある者たちの運命を和らげようとする試みは、何であれ慈悲とみなすことができるのである。愛という新しい正義に基づいて、これまでにない、情念を伴った残酷さが、姿を現すのである。

5

オセローは、人間にはきわめて困難な放れ業をやってのけようとした。故国を持たない、つまり、彼を誉めたたえ、墓碑銘を書いてくれる都市を持たない英雄になろうとしたのである。その際、彼は普遍性を装った。人間は、特定の国の法律や習俗の影響を受けず、またそれらを必要としない場合に初めて、どこに行っても英雄になることができる。だが、このような普遍性は偽りである、とシェイクスピアは告げているように思われる。もし人間が特定の時と所から自由になることができるとしても、その人は英雄や政治家、また兵士にはなることができない。そのような職業は、その性質上、都市、どれもが固有な要求と伝統を持つ都市の運命と結びついている。このような道を歩む人々は報酬として栄光を手に入れようとするが、栄光をかち得られるかどうかは大衆の意向次第である。英雄は否応なしに、栄光が得られる地位についていなければならず、その地位が特別に重要で他に優っていると、ともかくも信じていなければならない。これは普遍的な見地を否定するものであり、政治家の視野が狭まらざるをえない一因なのである。

オセローは普遍性を標榜しているが、それは、限界を持ち地域に属したい、という願望を隠すものにすぎない。彼の言う普遍性それ自体は、普通の人間が持つ限界を膨らませた影なのである。それは、ヴェニスの一員になるために彼が用いる手段である。人間でありたい、ただ人間でありたい、という人間の変わらぬ熱い思いが、戯画化され、滑稽に描かれている。本当はそれ自体、目的であるべきもの、またそのように装われているものが、オセローの手にかかると、手段にすぎなくなるのである。彼は、自分は善良だから愛されるのだ、というふりをするが、実際には、彼の善良さは愛されるようになるための見せかけにすぎない。自分の神話を信じている限り、彼は穏やかでいることができる。というのは、自分は当然のものを要求しているのだ、と考えているからである。しかし、疑いを抱くようになると、彼は、自分は自然に背くものを要求しているのではないか、と思う。その時、嫉妬が、人々を彼の意志に従わせるための武器となる。彼の野蛮な本性がいまや明らかとなるのだが、それは形を変え、強力になっている。

彼の最終的な悲劇は、デズデモーナの殺害というよりも、自分が正しくないこと、つまり、自分が標榜する正義が全く正義ではないことに気づく点にある。彼は、自分が正義だと考えていたものが、自分の欲望、自分の存在の本質からは、そのようなものがあるとは容認できない欲望を満足させる手段にすぎなかったことに気づく。自分が隷属的な存在であること、自分には欠けたものがあることをはっきり理解したとき、彼は嫉妬するようになる。自分にはものごとを成就する器量がなく、ただ成就したいと望んでいるにすぎないことが明らかになるとき、彼の悲劇は完璧なものとなる。彼は、自分が賢いと思い込み恐ろしい行いをしてしまうが、実はつまらない人間なのだ。オセローは、並はずれた人物である。このことに気づかない読者はいない。それにもかかわらず、彼には奇妙に実質がない。そしてこれがシェイクスピアの言いたいことなのだ。つまり、彼は実質の伴わない名声なのである。彼は人々の心の中に生きており、いかなる現実に生きる場合よりも多くを必要とする。自分自身のためにもヴェニス人のためにも、彼は完璧な存在であると考えられなければならなかったが、実際は人間的な情念に悩まされる存在にすぎなかった。結末が強烈なのは、巨大な泡が無に帰する際、大きな音をたてて破裂するからである(41)。彼のいまわの言葉は、ヴェニスに対する、彼の止むことのない忠誠心を物語っている。

シェイクスピアは、あまりにも異質な勢力を引き入れるのは、それがどのような装いで現れようとも、良くないことだ、と教えているように思われる。異質な勢力が抱く善意は、常に曖昧である。本来その地に属さないものは、いつかある時点で、その地本来のものの気質に反するようになる。そのとき彼は、圧政を敷くか、屈服するかせざるをえない。ヴェニスは彼に傷つけられなかったが、デズデモーナは傷つけられた。ヴェニスには、いつ「やつをクビに」すべきかがわかっていたのである。純粋に政治的なレベルでの普遍性は、都市のためにはならないのである。

6

次にデズデモーナを取り上げよう。オセローに対する無私の献身と愛らしさによって、彼女は、悲劇的な苦しみには、とりわけふさわしくないものになっている。彼女の死は、本当に忌わしく思われる。いずれにせよ、このような運命に陥っても仕方がないようなものが、彼女の本性の中にあるのかどうかが、問われなければならない。彼女は意味なく殺されるのだろうか。オセローの人生が反転して急激に逆回転するのに、そこに居合わせたばかりに巻き込まれた、罪のない人間なのだろうか。

その答えは、彼女の愛をどう理解するかにかかっている。この一風変わったロマンスに彼女が関わった原因は、なんだったのだろうか。オセローの物語であったことには、疑問の余地がない。しかし、これだけでは十分とは言えない。これらの物語が何に訴えたのかを、見出さなければならないのである。父親の言葉から、彼女が普段は物静かで内気な少女で、優しく穏やかな人柄だったことがわかる。だが、同時に、独立心が強いこと、自分が何を願っているかを理解していたこともわかる。彼女は、ヴェニスの「裕福な美青年をも婿にしようとはし」ていなかった。ヴェニスの最善のものにさえ満足していなかったのである。(42) デズデモーナは、ヴェニスよりすぐれたものを愛したいと思っていた。

それをオセローが与えたのである。見知らぬ国々や大冒険の物語は、彼が因習的なものを越えた経験と知識を持っていることを証拠だてるように思われた。デズデモーナは、自分の限られた生活では十分でないと感じていた。彼女には、普遍的なものを求める情念の芽生え、人生に欺かれまいとする欲求が見られる。だが、デズデモーナには指導する者がいない。単に一風変わって見慣れないだけのものが、意義深く本当のものでもあるように見えてしまう。オセローが、自分の物語は偽りでないと思っているかどうかに関わりなく、その物語には、とても本当であるはずがないものがたくさん含まれている。それらの物語は、イアーゴーが言うように、ありもしないものなのである。(43) それがデズデモーナの想像力に訴えかけるのだが、その想像力は、寂しさと内気さで培われていた。彼女は、その名前が示しているとおり、迷信深いのである。(44)デズデモーナは、オセローを献身的に愛することによって気高くなり、一般に受け入れられている考え以上の意味を捜し求める道を選んで、平凡な市民が持つことの出来ない品位を得る。けれども、その選択は思い違いによるものだった。オセローは、彼女の心がつくり出したものだったのである。彼女は、どんなことをしてきたかについてオセローが語る物語を信じた。逆説的なことだが、彼女の愛はオセローのなかに自立的で自由なものを捜し求めたのに、まさにその愛が彼を依存的にし、普遍的と思われていた彼を特定のものに縛り付けた。彼らは、愛の小道で、いわばすれ違ったのである。何よりも逆説的なのは、デズデモーナが、ヴェニスから自由になろうとして、ヴェニスがつくり出したものを愛したことである。彼女は、自由をかち得る代わりに、逃れようとしているものに、なおいっそう束縛されるようになった。オセローは、ヴェニスの心の中にしか存在しなかったのである。デズデモーナは、肉体的なものを超越したものに情熱的に全身全霊を委ねたのだが、それは彼女が思ったようなものではなかった。コスモポリタニズムのためにすべてを投げうった時、彼女は、ヴェニスという政治的共同体の特徴を最もよく表すもの、すなわち、その指導者をめぐる神話を信じていたのであった。デズデモーナは、この劇においてただ一人、世論に無頓着な人物であるが、オセローに関する世論には囚われてしまうのである。

デズデモーナの死の原因は、彼女の抱く迷信だけではない。彼女の貞節も不可欠な条件である。彼女はオセローの物語に惹きつけられただけでなく、彼がどんなことをしようと彼との誓いを守ろうと思い、また、そう主張したのである。彼の行動がどう見えるかは、重要ではない。彼が何をするかに関わりなく、彼に従い、彼を愛さなければならない。というのは、彼がどういう目的でそのように行動するのかは測り知れないからである。彼女は、彼の言動を正当化するためなら常識をも否定せずにはおかないほど、全面的に彼を信じている。普通に考えれば不正と思われることが、デズデモーナにとっては、自分や他の人々の中にあると思われる悪徳や罪を罰する正義である、と思われるのにちがいない。仮りにも彼を信頼するのなら、彼の行動が普通の人間的標準に相反するものであっても、今、問題になっている、より高次の視点からすれば、そのような標準には意味がないか、あるいは、思い違いがあるのだ、と言うほかない。彼女は、オセローの嫉妬から生まれた、魂のあの新しい識別法を受け入れる。事態が明瞭に見えても、それは問題にされず、オセローの気まぐれな考え次第の、不可解な基準が規則となるのである。もちろん、この基準は実際には、オセローが無条件に、また偶然に左右されずに愛されるようにする必要があるところから生まれている。しかし、そのような真相は伏せられ、その基準は、人生の隠れた意味、オセローだけが明らかにすることができる意味から生まれたのだ、ということになっている。デズデモーナのなかで、一種の自己点検が始まる。彼女はもはや言葉や行ないの表面的な意味には頼らないのだが、彼女の良心は、理性の目に映らない欠点を捜し出すように、と命ずるのである。オセローに罷免されたとき、キャシオーもほぼ同様のことをした。あらゆる道徳的な価値の源はオセローにあり、彼が良しとしないものが悪なのである。オセローは自然に左右されないが、自然はオセローに左右される。これが、新しい心の習慣、新しい美徳を産み出すこととなる。

デズデモーナは、エミリアとの会話の中で、自分の原則をはっきりと述べている。それは、貞節、ただ貞節だけで、万事はそれに付随しているのである。この原則は疑いもなく崇高なものではあるが、エミリアが述べることの方が、確かに理にかなっている。エミリアは、貞節は夫の行いに見合うものであればよい、と言う。エミリアの道徳は、純潔をさほど重要に考えない暢気なものである。もともと彼女はデズデモーナほど立派な人間ではないが、真実で、かつ悲劇に終わらない気高さは、あるいは、貞節を神聖視することによっては到達できないものなのかもしれない。エミリアはデズデモーナより劣っているけれども、いつかこのことを指摘する役回りになろう。エミリアから見れば、貞節は、常識的な意味が通用する単純な世界と、行いの正邪をはっきりと示す正義とによって、規定されなければならない。貞節が無条件に要求されるはずはないのである。一方、デズデモーナから見れば、万事は、彼女の信念を損なわないように解釈されなければならない(45)。

オセローを信頼するあまり、デズデモーナは真実をいくぶん軽く見ているが、このことには、これまで十分注意が払われてきたとは言えない。彼女は劇中で三度人を欺き、その都度それは、彼女の運命に大きな意味を持つものとなる。まず、彼女は、父にオセローとの関係を隠しておいて、既成事実を示す。オセローに対する彼女の愛をどれほど大目に見るとしても、彼女が不従順の罪を犯したことは疑いなく、彼女の愛はきわめて神聖な義務と衝突する。オセローを愛することによって、ヴェニスの子女のうちでも最良の者が都市を軽んじ、オセローのためにすすんで法を犯すようになるのである。忠誠の義務が両立しない場合、デズデモーナはいつでも躊躇することなくオセローを選ぶ。この内気な少女は、愛することによって、余人のなしえないような事柄を冷静になしうる力と自信、というよりも狂信的な態度を身につけたように思われる。この欺瞞の結果、彼女の父が死んだことは記しておかなければならない(46)。次に、彼女は、ハンカチのことでオセローに嘘をついた。ことによると、ここに、彼女の迷信深い性格が最もはっきりと現われているのかもしれない。彼女は、オセローがそのハンカチを重要に思っていることと、彼がそのハンカチについて語った物語とにひどく怯えて、ハンカチをなくしたことを敢えて彼に知らせなかったのである。この嘘は、直接彼女自身の死につながる(47)。最後に、彼女は、死んだ後でさえ、嘘をついているように思われる。彼女は、自分はオセローに殺されたのではない、と言う。彼女は、なおも彼の名声を損なうまいとする。というのは、もしも彼が悪人なら、彼女の死は無駄であることになるからである。彼の名声が生きているのは、彼女の中であり、彼の中ではない。彼女には、最後まで、物事があるがままにではなく、むしろ、そうあってほしいと思う姿で見えているにちがいない。信ずるように見えるのである(48)。

　デズデモーナの死の原因は、大部分、彼女自身の過ちにある、と考えるべきである。その過ちは気高い過ち、彼女をなみなみならぬ人間にした過ちではあったが、罰せられなければならないものだった。日常生活の観点からすれば、デズデモーナは、父を欺くことによって罪を犯している。我々は、それがより高次なもののためであるという理由で彼女の味方をするが、ことによると、第三の最高の見地からは、市民社会を擁護して、彼女の背信を恐ろしい思い違いの結果だとみなさなければならないのかもしれない。ことによると、実生活における最も切実な希望を断念して初めて、真のコスモポリタニズムに到達できるのかもしれない。結婚は、政治的生活の、すなわち市民社会の一部を成すものである。政治的要素を取り除いて結婚を浄化すれば、その実質は奪われてしまうのである。

デズデモーナはコーディーリア（『リア王』の登場人物。リアの娘。）やミランダ（『テンペスト』の登場人物。正統のミラノ大公、プロスペローの娘。）と比較されてきたが、それはきわめて当然なことである。彼女は、コーディーリアと同じく、自立していて勇気があり穏やかで、（「ああ、すばらしい新世界だわ」（『テンペスト』五幕一場のミランダの台詞。「なんてすばらしい、／りっぱな人たちがこんなにおおぜい！ 人間がこうも／美しいとは！」の後に続く。）という心持ちにおいて）ミランダと同じように甘い純真さを宿している。しかし、デズデモーナには、コーディーリアに自分の立場をあれほどよく理解させた、あの真実に対する愛が欠けている。デズデモーナは自分の過ちを決して認めず、「運が悪いのよ、私。」と言う。[49]「不運な」は、「迷信深い」と並んで、デズデモーナという名前の意味ではないか、と言われているのだが。シェイクスピアの真意を推し量るならば、彼は、デズデモーナの「運の悪さ」は彼女の「迷信」がもたらしたものだ、と言っているのである。また、ミランダと異なり、彼女には、想像力を方向づけ、正しい進路に向けてくれるプロスペロー（『テンペスト』の登場人物。正統のミラノ大公。ミランダの父。）のような人物がいない。彼女のナイーブな理解から、次々に怪物が生み出されるのである。この寒々とした劇において、シェイクスピアは、デズデモーナをめぐって、いかなる解決の道筋も示してはくれない。彼女の人生は気高いが、法に反し理性に反しているのである。

7

最後に、この劇の主役三人の最後の一人であるイアーゴーについて考えよう。イアーゴーは明らかに悪魔である。彼自身がそう言い、またよくそう呼ばれる。(50) しかし、神が完全でない場合には、悪魔の否定性が解放をもたらし、真実発見の手助けになるかもしれない。イアーゴーは、これまで常に非難され憎まれており、確かにきわめて恐ろしいことをする。しかし、彼を弁護することはできるし、またしなければならない。(51) シェイクスピアはこの作品で、人間の優しさや感傷を利用している。我々は、自分が善良で思いやり深いと思い込みたいあまり、厳然たる事実を認めようとしない。生来、愛や恋人の味方なので、オセローとデズデモーナの愛を損なう、イアーゴーの邪悪さしか目に入らない。もしイアーゴーが干渉しなければすべてうまくいっただろう、と信じたいのである。しかし、これほど我々の心を動かす、他ならぬこの恐ろしさが、この劇が単なるラヴ・ストーリーではないこと、ここには我々が直視したくない必然性、イアーゴーを非難することによって眼を逸らしている必然性があることを、無意識にではあっても、我々に気づかせる。

　イアーゴーは、既に述べたように、鏡、あるいは、見えないものを見えるようにする作用因にすぎない。何度生まれ変わったとしても、デズデモーナとオセローの愛は同じ結末を迎えるだろう。それでもなお、何回回数を重ねても、その都度、我々は、初めのときと同様のショックを受け、驚くだろう。というのは、このような結末は我々の願いに反しており、我々は、自分の願望に従って真実を葬り去るからである。結局のところ、シェイクスピアは、きわめて冷徹なのである。イアーゴーの台詞を冷静に読めば、彼が劇中で最も明晰に物事を考える人間であることがわかる。「忠実なイアーゴー」とは、単に、悲劇的な結末を招いた、実情にそぐわないあだ名というに留まらない。イアーゴーは実際、他のいずれの登場人物よりも、真実について多くを語っているのである。彼の動機を理解するのは困難である。シェイクスピアの作品に登場する悪役で、もっともらしい目的、すなわち、人間なら誰でもその価値を認めるような目的を念頭に置かずに行動しているように見える者は一人もいない。ことによると、そのような目的を達成するためには犯さざるをえない罪を、すすんで犯しているわけではないかもしれないが。それにひきかえ、イアーゴーは、悪魔と同様に、全く否定のための否定を動機として行動しているように思われる。おれは見かけのおれとはちがうんだ。[52] オセローが何を望もうと、イアーゴーはその反対のことを望む。彼は、人間以下の、あるいは人間を超えた存在なのである。だが、オセローに敵対することによって、彼は、オセローが支配する世界は空想の世界なのだ、ということを明らかにする。イアーゴーは、他の誰もが認めない自由を要求する。彼は、他人に、とりわけ他人の意見に支配されずに、自分の人生を生きたいと思う。彼は、本当の暴政とは、力ずくで押しつけられるものではなく、人の心につけいるものだということを、はっきり理解している。イアーゴーの見方では、人は考えることによって、初めて自由になれるのである。彼は、たいていの信念が空虚であることについて考え抜いており、そのような信念に従わずに生きようとする。彼には、オセローのように自分の人生を自己欺瞞の上に築くことはできないのである。(53)

彼は、一般に重んぜられているものごとを分析して、いくつかの結論に到達する。彼は、まず第一に、実利主義者である。自由に生きるための手段として金が頼りになることは明らかなので、彼は、高潔な人間のように金を軽蔑したりしない（高潔な人間にはたいてい既に金があるので、金はなぜ必要か、などという考察に頭を悩ます必要がない）。「財布」という言葉が、しばしば彼の口にのぼる。第二に、彼には、名声はしばしば、それだけの業績がなくても得られ、不行跡をしなくても失われてしまうものだ、ということがわかっている。そして、そう気づいているばかりでなく、オセローとキャシオーを手玉に取って、自分の考えの正しさを実地に示してみせる。しかも、自分の評判が非常に良いことを利用して。名声を当てにしてはならない。さもないと、大衆の気まぐれな考えの奴隷になってしまう。イアーゴーは言葉巧みにキャシオーにこう語る。そして、オセローには、彼がいかに正反対の考え方をしているかを示すために、名声がすべてであり財布はがらくたである、と言う。イアーゴーにとっては、名声こそがらくたであり、名声を追い求める者は他人のために生きているのである。名声があるからと言って実際に真の美徳を備えているとは限らないのだから、真正直なのは望ましくないことになる。大衆の期待どおりの人間であると思われる必要があり、快適な生活が送れるかどうかは、欺瞞の技を磨けるかどうかにかかっているのである。

イアーゴーは、自由に真実を追求するには人を欺かなければならない、という奇妙な事実を明らかにする。というのは、真実とは、世の中になくてはならない多くの偏見に反するものだからである。隠し立てしないでいようと思えば、主義に殉ずるか、人望を得るために自己欺瞞を犯すしかないのである。さらに、イアーゴーは、めったにないほどユーモアに乏しい劇において、ただ一人滑稽な台詞を口にする人物である。他の人々が非常に敬虔な態度で思いめぐらす重大な事柄が、彼のウイットのたねになる。彼が自由なのは、人間を笑いものにすること、人間の自負などおおかた滑稽なものだと悟ることができるからでもある。これと関わりがあるのが、彼がロマンティックな恋愛を軽蔑していることである。彼の目からすると、恋愛には情欲以上のものは何もない。それは、彼にとってそれほどたいそうな意味を帯びることはありえず、恋愛を神聖なものにしようと試みるのは馬鹿げたことなのである。(54)

イアーゴーには、人間を結び付け、共に生きることを可能にする絆がすべて失われてしまっている。人を信頼するには他の人間に敬意を抱いていなければならないが、彼にはそのような敬意が全く欠けているので、人を信頼することができない(55)。世論や自分の羞恥心は、人間を自分自身よりもむしろ他人のために生きるようにさせるために、民衆が考えだしたものにすぎないと考えると、その人の心の内であらゆる情念の怪物が解き放たれる。イアーゴーは、嫉妬深く好色で野心家である。理性と合理性によって、彼はあらゆる因習の重りから脱するが、行動するにあたっての揺るぎない目標は得られない。情念が解放された結果、欲望の対象が与えられるにすぎないのである。イアーゴー自身、自分が欲しているものがわからない。彼はきわめて自分本位の人間である。彼は自分以外の誰にも関心が持てないのだが、この自分本位な態度も彼の見解によれば正しいことになる。というのは、他人の利益のためにつくり出された道徳に仕える理由はないからである(56)。イアーゴーは、神の存在がもはや信じられなくなったとき現われるだろう、と人々がよく断言する現象の一例である。彼は無神論者なのだ。

このような自分本位の人生観、人間観を、政治的な人間、すなわち公的な生活に関心を持つ人間が抱くと、厳格で処罰を旨とする道徳が力を得ることになる。政治的な人間は、市民社会が必要であること、すなわち、共通善は、法を遵守する習慣と慣習の尊重があって初めて実現されることを知っている。人間は生まれながらに悪であると確信すれば、彼らを服従させるためには暴力や詐欺、恐怖を用いてもさしつかえない、と思うに違いない。イアーゴーは首尾よく、自分の人間観が正しいことをオセローに納得させるが、そのためにオセローの生活ぶりが変わることはない。彼は、そのような意見の持ち主なら当然と思われるのに、公的な生活を放棄して自分の情念を追求しようとはしない。その代わりに、人々を無理やり、自分がこれまで彼らの本来の姿であると考えていたとおりに振舞わせようと決心するのである。オセローは特に、イアーゴーのこのような説得を受け入れやすかった。というのは、彼は都市の一員ではなかったからである。都市においては、人々は、長い間の習慣によって共に生活することを学んでおり、また、そうすることが良いことかどうか、という疑問に心を奪われたりはしないのだから。たとえ彼らがそのような疑問を抱いたとしても、おそらく習慣の力が働いて、市民的な慣行を逸脱することはないであろう。

それにひきかえ、オセローは、無意識のうちに何度も繰り返されて身についた、従順な態度に安住することができない。彼は特定の都市に属さず異邦人であり、善が意図的に選びとられることを要求するのである。たいていの人間は、自分の都市の法律に従うよう特別に教育されなければ、さほど公正ではなく、またおそらく、もっと自分本位になるだろう、というのが、あるいは本当のところなのかもしれない。オセローは、人間の善良さを信じている間は、穏やかで情愛がある。疑いを抱くとき、彼は暴君となる。彼の夢見る国際都市にふさわしく、人間の性質を変えなければならない。かつては特に害のなかった人間の性質が、今や大いに危険なものとなる。イアーゴーは、オセローの内部に変化を引き起こしたいと思っているが、またそうした変化を必要としてもいる。彼は、共通善が存在するとは思っていない。しかし、オセローを意のままにし、オセローの不安を利用して他人を罰することができれば、自分の思いのままに振舞える申し分のない立場に立つことになる。一見、動機がないように見えるイアーゴーの復讐は、彼が自由であることを示している。儀礼と疑惑に基づく道徳は、この偽善者、密告者、そして偽りの告発者が必要としているものと合致している。偽善者は、常に道徳に取って代わることができる。悪魔は、聖典を引用することができる。特に自分が書いたものである場合には。イアーゴーは、善意から出ているものの、方向を誤ったオセローの意図を利用する。そして、自分の人生が、イアーゴーのような者のために、他人を破滅させるのに利用されてきたことを悟ったとき、オセローの悲劇が起こる。イアーゴーは、単に肩書だけでなく、オセローの旗手、すなわち唱導者なのである。

イアーゴーはまた、ヴェニスにおいてはアウト・サイダーである。元老院議員階級の出ではなく、外国人である可能性すらある。彼は名誉を求めないので、自己欺瞞を犯す必要がない。彼にとって、職業は単に仕事であるにすぎず、価値あるものにする必要はない。したがって、ヴェニスの信条を強いて奉じる必要はない。もちろん、その結果、彼は、オセローのような人物の持つ英雄的な性格にあずかることはできない。彼の存在によって真実がどれほど明らかになろうとも、――そして、真実は、重要でないというわけではないけれども――彼の人生は、人々があやかりたいと思うようなものではない。平凡な信条を批判することによって、彼は結局、人生の真の目的を全く持たないことになる。彼は自由の名のもとに既存の慣習に異を唱えるのだが、この自由は、最も卑劣で最も恣意的な目的と矛盾しないのである。彼は誰をも信頼することができず、人間は卑劣なものなのだから自分も欺かれるだろう、という恐れでいっぱいである。彼の否定性は秩序の崩壊につながるだけであり、彼の人生を無秩序なものにしてしまうのである。

以上のことから、『オセロー』は、我々に次のような選択を迫っているように思われる。すなわち、現実の明晰な理解の上に成り立つ卑劣な人生か、欺瞞の上に成り立ち悲劇に終わる気高い人生か、という選択である。オセローは、率直で情愛深いが、欺かれる。イアーゴーは、オセローの人生の弱点をよく知ってはいるが、それに代わる、選択する価値のある人生を提示していないことも確かである。しかも、結局イアーゴー自身も破滅するのだが、その破滅の因となるのは、彼が知悉して恐れている卑劣さではない。イアーゴーは、その他の点ではたいへん明敏なのだが、一つのことを見落としている。彼は、エミリアが真実のためなら喜んで死ぬということを予見できないのである。ただ真実のみを求める、単純で飾り気のない情念がありうるということが、彼には理解できない。だが、そのような情念が窺われる人生なら、気高くもあり、また、まさにその本質からして、欺瞞をも免れるのではないだろうか。

第三章［注］

（1）*Characteristicks*（London：1727）, Vol. I, pp. 347－350.

（2）このような理由で、イアーゴーは、デズデモーナに直接働きかけることは絶対にできない。デズデモーナに悪徳があるとしても、それは利己的なものではない。彼には、彼女に影響を与える方法が、彼女の心を動かす梃がない。イアーゴーは、デズデモーナの周囲の人々に影響を及ぼし、その結果、彼女に災厄をもたらすことしかできない。

（3）1幕1場78行。引用文はすべて、Furness variorum 版（Philadelphia：J. B. Lippincott Co., 1886）〔第2章、訳註〔2〕参照。〕に拠る。

（4）1幕1場118行。86―88行、参照。1幕2場13―19行。

（5）1幕2場78―98行。1幕3場75―79行、参照。

（6）1幕3場115―117行。2幕1場262―263行、参照。3幕3場270―274行。

（7）A. C. Bradley, *Shakespearean Tragedy*（London：1929）, pp. 198―203（ブラッドレー『シェイクスピアの悲劇』（中西信太郎訳）、岩波書店、一九三八年）参照。ブラッドレーの優れた論考に付け加えて、『タイタス・アンドロニカス』のムーア人アーロンは肌が黒く、『ヴェニスの商人』のモロッコの大公も明らかにそうである（2幕1場1―16行。2幕7場81行）ということに触れてもよいだろう。『オセロー』では、彼の肌の色は、以下の箇所で言及されている。1幕1場72行、96―97行、116行（アフリカ馬（Barbary horses）〔バーバリーはアフリカ北部の地域〕は黒かった）、2場87―88行、3場320―321行、2幕2場48行、3幕3場308行。明らかに、「黒い」には、我々が思っているような「ムーア人の」という意味はなく、単に「黒い」という意味である。シェイクスピアは、オセローの肌の色を出来るかぎり黒く設定するにあたって、はっきりした演劇上の目的を持っており、現実をこのように改変することを許容する劇場のしきたりと聴衆の世間知らずとを当てにすることができた。

（8） 1幕1場105―153行、1幕2場78―98行、1幕3場75―79行、2幕1場254―270行、参照。

（9）『ヴェニスの商人』2幕2場〔原著では「2場」となっているが、そこにはムーア人の大公は登場しない。「1場」の誤りと思われる。〕、7場、『オセロー』1幕1場16―18行、2幕1場255―256行、参照。モロッコの大公は、戦争と自分の英雄的資質について語る。彼は、他の登場人物とは異なる、大げさでドラマティックな話し方をする。彼は自らの家柄の良さを語り、それで求婚を正当化する。そして彼もまた、この美しいヴェニスの婦人に心から愛情を抱いている様子である。

（10） オセローが自分の家柄の良さを口にするということは（1幕2場22―27行）、そうしなければならないと感じていることを示すものと言ってよい。彼は、その事実を断言する。おそらく、ヴェニスでは、彼が王族の出であることは認められず、もし認められても、ヴェニスの貴族と対等であるとは考えられなかったであろう。たとえオセロー自身は婚家と同程度に立派な家系の出であると本当に確信していたとしても、ブラバンショーはそうとは認めないのである。

（11） 1幕3場290―293行。ファーネス（Furness）〔第2章、訳注〔2〕参照。〕による優れた注（pp. 75―76）〔オセローの台詞を素直に受けとれば、デズデモーナの純愛にこたえて、精神的な交わりを求める、というオセローの自然な気持ちが汲みとれるはず、という趣旨。〕、参照。3幕3場309―310行。

（12） デズデモーナの、「その心にオセローの真の姿を見た」という台詞（1幕3場280行）を参照。注（8）、参照。

（13） こういう可能性はイアーゴーも公爵もほのめかしており、それは、オセローが賢明にも、自分が最も必要とされている時を結婚の時期に選んだことによって、いくぶんか裏付けられる。1幕2場60―61行、3場195

行、252行以下。1幕1場162─168行、参照。オセローが魔薬を使った、あるいは財産目当てで結婚を望んだ、という非難は二つとも、その非難の筋書きを考え出した人々が頭に描いていた俗悪な意味ではないものの、ある程度正しいことが、事の成り行きによって証明される。オセローは実際、どんな魔薬よりも強力な自分の物語でデズデモーナを魅了したのであり、またこの世界に居場所を捜し求めていたのであった。

(14)　1幕1場162─168行。

(15)　これこそが、まさにシャフツベリーが異を唱えている点である。彼はオセローを、物語る人であって行為の人ではない、と見ている。オセローはつくり話でデズデモーナに感銘を与え（2幕1場255─257行のイアーゴーの台詞参照。）、彼女のナイーヴな空想に訴える。そのような物語は非常に危険なものであり、シャフツベリーによれば、聖書ですら、内容が不可思議であるために、作家の語る物語の出典としてふさわしいとは言えないのである。若者に感銘を与えるのにふさわしい題材は、蓋然性があり理性の枠内にあるものである。批判的な能力を圧殺し、機能しないようにさせようとする偽善者だけが、オセローのように振舞うのである。どうやらシャフツベリーは、「顔が肩の下にある珍しい人種」のような物語は明らかにつくりごとであり、シェイクスピアは、そのような物語はつくりごととして受け取って欲しいと思っていたのだ、と考えているらしい。

(16)　都市は選べるものではない、というのが、明らかにシェイクスピアの見解である。さまざまな劇、とりわけ史劇の政治的設定を考えてみさえすればよい。相異なる国民性が見られ、典型的な行動も場所によって様々である。確かに、古代ローマを舞台とする劇と、近代のヴェニスやヴェローナを舞台として演じられるものとでは、人物も関心も非常に異なっている。長い伝統や民族、気候、そして法が異なれば、なにもかもが変わってくる。シェイクスピアの劇で、舞台が異なっても同じ成り行きを辿るだろうと想像できるものは、ほとんどいくらもない。『タイタス・アンドロニカス』は、ある意味で、場所はともかく、時代を間違えて生まれてしまった男のドラマである。この作品は馬鹿馬鹿しいと評されることが多いが、その理由は主に、タイタス・アンドロニカス〔『タイタス・アンドロニカス』の登場人物。ローマの貴族、ゴート族征討の将軍。〕が、蛮人の間で古代ローマの紳士のように振舞おうとした点にある。シェイクスピアの主人公で、たやすく別の時代や場所に移すことができ、そこでも性格の核となる部分を失わず、また、引き続き同じ問題に対処できる者は多くはない。ことによるとプロスペロー〔『テンペスト』の登場人物。正統のミラノ大公。〕はその一人と言えるかもしれないが。一方、シェイクスピアの見地からすれば、単純なコスモポリタニズムは、人間に内在する興味深いものをすべて奪い、人間に共通する最も低次の特徴を捉えて、人間は一体である、と考えるものである。少なくとも、劇的に表現するなら、国家は、意図してかどうかに関わりなく、人間の可能性のある一面をその他の側面を犠牲にして伸ばすことを選択しているが、たいていの場合、偉人が偉大であるのは、特定の国家が掲げる最高の目標に身を捧げているからである。古代のローマ人は近代のデンマーク人のようには生きられない。もしも両者を結び合わせようとするなら、各々の最も深いところに根ざす特色は失われてしまうだろう。特定の政治共同体に加わるか否かは、生まれや教育に、すなわち偶然の出来事に左右される。

(17) これは、彼がヴェニス人から厚く遇されて然るべきことを証明するためである。注(10)、参照。

(18) 彼がヴェニスのために何をしたか、正確なところはわからない。だが、彼がリーダーとして高い名声を博していることは、十分明らかにされている。1幕3場249—252行、4幕1場295—296行。

(19) シェイクスピアは明らかに、この問いにおおいに心を奪われていた。というのは、彼は『コリオレーナス』において、別の方法で再びこの問いを取り上げているからである。この作品は、ローマの事情に精通していながら、俗悪な大衆であると思っている人々によって自分が左右されることに憤る男の物語である。彼は、自分を作り上げたものから自由になりたいと思うのである。自らを解放しようと試みて、彼は魂を失う。再び、問題は、主人公は彼に喝采を送る人々からどれほど自由なのか、という点に帰着する。コリオレーナス〔『コリオレーナス』の登場人物。本名ケーアス・マーシャス。コリオライとの戦いにおける功により、コリオレーナスの称号を贈られる。〕はこの問題を大変よく自覚しているが、オセローはそうではない。このようなわけで、前者はローマを去るが、後者はヴェニスに留まることができるのである。

(20)　2幕2場194─196行、5幕2場427─429行、2幕2場373─375行、5幕2場36─37行。ブラバンショーは、オセローを異教徒と呼んでいる。1幕2場121行。

(21)　1幕1場162─168行。公爵はマーカス・ルチーカスという者のことを尋ねるが、彼はヴェニスにいないことが判明する。公爵はマーカスに、オセローに送ったのと同じ文面の伝言を送る。1幕3場52─56行、1幕2場43─45行、参照。

(22)　公爵の面前での聴取でオセローがブラバンショーに勝利を収めた顛末は、彼の立場の持つ強みと弱点をよく示すものである。ブラバンショーが請願せざるをえないのは、騒然とし混乱した時期にあたっている。国家は危険にさらされ、外国の脅威のためにオセローが必要とされているのである。二人が一緒に入っていくと、自信にみちたブラバンショー（1幕2場115─121行）は物腰のやわらかな公爵に完全に無視され、公爵は直ちにオセローに期待をかける（1幕3場60行以下）。明らかに、この件をどう取り扱うのが公正かということよりも、当面の危機と、その克服にはオセローがなくてはならない存在であるという事実に考慮を払わなくてはならないのである。敬意と恩恵、という通常の作法は、当面棚上げされる。公爵は、ブラバンショーに対して慇懃にふるまう（この都市において、ブラバンショーの地位、富、家柄に比べて、その人柄に実際どれほどの敬意が払われていたかは疑わしい。というのは、彼は会議に呼ばれていなかったからである。彼は、自宅にいたことになっている）。ブラバンショーの申し立てを聞くと、公爵は責任が誰にあるかをみきわめもせずに、全面的な支持を約束する。オセローの名前を耳にするや、公爵は語調を改め、オセローに自分を守るあらゆるチャンスを与える。条件が違っていたら、公爵はどのようにふるまっただろうか、また、その場合、このような結婚を、当の父親の同意もなしに許可したかどうか、あるいは、外国人に、都市におけるこのような諸々の権利を認めたかどうか、不審に思われても当然である。ともかく、公爵は、ブラバンショーを宥める一方で、オセローの味方をする。彼は、苦々しい思いを味わっているブラバンショーに説教するが、自ら傷ついていない者が同情を示すのは簡単なことだ、とブラバンショーが応じるのはもっともである。公爵は老練な政治家である。彼は、急場しのぎの便法からは目を逸らさずに、申し分のない道徳的な外観を装おうとする。シェイクスピアはそれを、公爵の説教を韻を踏んだ詩の形にすることによって、美しく表現している。公爵はその後、懸案の重大な事柄を扱う段になると、たちまち通常の散文に戻る。

公爵は、彼の決定を事実上左右している重要な問題に立ち戻るために、デズデモーナの結婚という、きわめて不都合で不愉快な事柄をレトリックを使って乗り切るのだが、現実の務めは散文的なものである（1幕3場225—254行）。だが、危機におけるオセローの優位は、ほかならぬ彼の成功によって失われる。劇冒頭の数行において、イアーゴーはオセローを、都市の貴族に偉そうな顔をする外国人として描き、ロダリーゴーの市民としての自尊心を刺激する（1幕1場12—14行）。偏見というものは、それを禁ずる理由がなくなる瞬間を常に待ちもうけている。1幕1場138—139行、148—158行、参照。ブラバンショーはヴェニスに留まり、依然として無視できない勢力をなしている。ブラバンショーの怒りには、公爵を居心地悪くさせる力がある。というのは、ブラバンショーは常にヴェニスにおり、如何なる取り決め、如何なる危機からも影響を受けないからである。オセローは、外部からの危険が国家に及ばない限り、追い払われ忘れられても、誰も痛痒を感じない。ひょっとして、オセローが召還されたのは、ブラバンショーの差し金だったのだろうか。少なくとも、オセローが疑いを抱いているのではないか、とデズデモーナが推測しているのは、このことである（4幕2場53―56行）。

(23)　注（18）、参照。

(24)　2幕2場291―305行。名声の持つ曖昧な性質を、イアーゴーがよく知っていても不思議ではない。というのは、自分自身高い名声を得ているからである。しかし、オセローに語りかけるときには、イアーゴーは、名声には何も疑わしいところはないかのように振舞う（3幕3場181―188行）。彼には、オセローがどんな人間かがわかっている。高潔な人間は恥ずかしいと考えることは決してしないものであり、仲間たちの意見が、彼が善であることを保証するのである。名声を気にかける人間は、名声がかち得られるような行為をする傾向がある。自分の個人的な好みしか気にかけない人間は、卑劣になりがちである。だが、もし名声が気まぐれなものであるなら、紳士や自尊心の高い人間の志向全体が疑わしいものとなる。オセローの言説に影響を受け、心から彼の範に倣おうとしているのは、キャシオーである。彼は、オセローの正しさを全面的に信じている。このために、彼は疑うことなく献身的に振舞い、立派な副官になっているのである。しかし、彼がこうむることや、名声を失うに至る、割りに合わない成り行きを考えるならば、そこからは、自らの情念を理解せず情念のまにまに行動する人間のために生きるのは愚かなことだ、という教訓が得られるように思われる。名声はいのちより大切なものである、というキャシオーの言葉は、オセローに対する彼の信頼がどんな意味を持っているかを言い表している（2幕2場291―292行。117―135行、参照。「ローマ人への手紙」9章18節、8章24節）。

(25)　1幕3場190―191行。3幕3場218行。

(26)　プラトン『饗宴』（（鈴木照雄訳）、中央公論社、一九七八年）189c―193e、199d―204c、『リュシス』（（生島幹三訳）、中央公論社、一九七八年）、アリストテレス『形而上学』（（出隆訳）、岩波文庫、一九五九・一九六一年）XII.vii.4、セルヴァンテス『ドン・キホーテ』（（牛島信明訳）、岩波文庫、二〇〇一年）I.xiv。このことは、至高の愛についてもあてはまる。つまり、善人が善人を賞賛するのは、自分の美徳が相手の中に鏡のように映っているのが見え、自分の美徳は讃えるわけにはいかないが、相手の美徳を讃えることはできるからなのである。このような愛は、互いに讃え合い、自らの不完全な美徳を完成させる必要から生まれている。アリストテレス『ニコマコス倫理学』（高田三郎訳）、岩波文庫、一九七一・一九七三年）IX.ix 参照。

(27) 2幕2場376—379行。シェイクスピアは、イアーゴーがためらいながら初めて刺のある言葉を口にした後で、デズデモーナがキャシオーのために嘆願しようとやって来た時、自分がどれほど深く、またどれほど強く彼女を必要としているかを、オセローが初めて意識する次第を、生き生きと描写している。オセローは、初めて少々苛立っている。以前のようにすべてが完璧だとは言えないのだが、デズデモーナが立ち去ると、彼は彼女を賞賛せずにはいられず、「すばらしい女だ！」、と言うのである（3幕3場104—106行）。彼はいくぶん愉快な気持ちで、自分が彼女を大いに必要としていること、それはわれ知らずといってもよいこと、つまり公正さや正義には関わらないことに気づく。しばらく後、疑いの念がはっきりしてくると、彼はこの気持ちを否定して、彼女が不実なら去らせよう、と言う。だが、まもなく、彼女がどんな人間であろうと、自分は彼女を自分のものにしておくか殺すしかない、自分は彼女なしではやってゆけない、ということを悟るのである。

(28) ヴェニスによって召還された瞬間に、オセローのデズデモーナに対する怒りは頂点に達し、彼女が彼にとって貢ぎ物として重要であったことが明らかになる。それを目撃する人々が抱く素朴な印象、つまり、オセローは地位を失って心が乱れているのだ、という印象は、まったく見当違いというわけではない。地位が彼に対して持つ深い意味を理解している、という条件つきでではあるが。彼は野心家だが、それは全く俗悪な意味ででではない（4幕1場231—317行）。

(29) 3幕3場158—160行。

(30)　3幕3場455―456行、471―486行、499―501行。4幕の始めまでには、肉体的な行為の意味についての議論は、身の毛のよだつ、じれったいゲームになってしまっている（4幕1場1―26行）。イアーゴーの猥褻さは、他の人々が大切に思うものがあるからこそ成り立つ。ブラバンショーにとっても、オセローにとっても、デズデモーナの純潔は何よりも大切である。イアーゴーの話が衝撃的なのは、彼が官能的な事柄を自由気ままに語るからではなく、他の人々にとって、こういう事柄は神聖なものであるのに、イアーゴーが彼らの聖なるものを汚しているからである。イアーゴーの話は、崇敬という点から見て初めて、恐ろしいものとなる。それは一種の冒涜なのである。オセローとデズデモーナとの関係は、かりに肉体的要素が伴っているとしても、おおむね精神的なものである。オセローが、ことによるとデズデモーナにとっては肉体的な満足が大切なのかもしれないと悟り、この点では自分は彼女を満足させられないと気づくとき、彼女が不実である可能性があるということが、彼にとって、なおいっそう恐ろしいものになる。それは、単に彼女が別の人間を好いているというにとどまらず、彼では彼女を決して満足させられないということなのである。彼は、貞節だけでなく純潔をも主張しなければならない。彼女の本性、そしてすべての人間の本性を変えなければならない。そして、これはすべて、道徳のためではなく、欲しいものを我が物にしておくためなのである。

(31)　旧約聖書においては、イスラエルに対する神の妬みは、男性と不実な女性との関係になぞらえて説明されており（「エゼキエル書」16章38節）、一般に、神の行動は、夫の振舞いと似かよったものと理解されている。結婚は神聖である、という理由で夫の心配はいっそう正当化され、夫の妬みは聖なるものであるという理由で、神の妬みを人間の妬みになぞらえても人を不快にさせることはない。妬みは、不実ではないかと疑うことに伴う感情だが、聖書の伝統のないところでは重要な主題ではない。「私は、古典ギリシア語の中では、夫婦間固有の嫉妬という語義の事例に出くわしたことがない」（A. Stumpf, in Kittel's *Theologishe Wörterbuch zum Neuen*

Testament [Stuttgart : 1935], p.879)。男女間の愛情を扱ったギリシア文学において、この主題を取り上げている例は見られない。少なくとも、神に対する忠実と愛は、神が妬み深いがゆえに命じられるものだと理解されるとき、新しい特別な意味を帯びると言える。結婚観の点でも神に倣っている点でも、オセローの妬みの大きさは、聖書なくしては想像がつかない。

シェイクスピアはオセローとデズデモーナとの関係を精神的なものとして描き、大きな罪と思われる肉体的な欲求と対比させている。旧約聖書の神は、妬みを表明する直前に、不実の意味を規定している。すなわち、不実とは、物質的な物――異教的なものすべて――の崇拝を指すのである（「出エジプト記」20章4―6節。4幕1場137行、参照）。

（32）2幕2場232―234行、3幕3場417―419行、5幕2場110行、57行（「マルコによる福音書」4章39節、参照）、165行（「申命記」22章21節、参照）、167行（「創世記」49章4節、参照）。オセローが神のような特権を思いのままにしていることは、彼がいかに確信を持って判断を下しているかを見れば、何よりも明らかである。すなわち、嫉妬にかられる前は、自分は他の人々に優っている、という落ち着きはらった自信を持っている点、また後では、自分が激しく怒るのも当然である、という思いを抱いている点に、そのことがもっともよく表われている。自分が間違いを犯していたことを知ると、彼は無になる。彼は完璧であるか無価値であるか、どちらかなのである。

（33）3幕3場205―221行。

（34）2幕2場229―234行、288―292行。

（35）確かにオセローは実際、いつも通りに、まず行為を、すなわち、目に見える証拠を要求する。彼は、単なる感情に流されたくないと思う。正当な取り扱いをしたいと思うのである。だが、イアーゴーに、このような事柄では直接的な証拠は手に入らないものだ、と言葉巧みに言われ、オセローは、人間はみな卑劣で裏切り行為をしがちなものである、という気違いじみた確信を根拠にして、「聖書のことばと同じ重みのある証拠の品」（3幕3場375─377行）となった儀礼的な証拠で満足する。嫉妬は、予め罪を推定し、後からそれを実証しようとするのである（3幕3場219─221行、415─514行）。

(36)　3幕3場312─314行、3幕4場46─52行、4幕1場9─12行、2場24─27行。最後には、星までも、宇宙の純潔のしるしとなるのである。5幕2場4行。

(37)　3幕4場43─56行。

(38)　イアーゴーは、十分意識して、またオセローを観察した上で、道徳を利用する。実際、彼は、彼らしい態度というよりも、オセローを愛している人々の態度にはるかに近い振舞いをする。キャシオーは、オセローに罷免されると、きわめて厳格な道徳家にでもふさわしいような言い方で、「酔っぱらいの悪魔、かんしゃくもちの悪魔」等、と語る。キャシオーに向って、イアーゴーは、分別のある寛容な態度に出る（2幕2場292─343行）。キャシオーはオセローの顔色を窺って身を処しており、寵を失ったときには、ひとかたならず厳しく自分を責める。復職の手だてを考えるよりも、むしろ後悔と自己譴責の状態に陥るのである。デズデモーナも、ほとんど同じ道を辿る。二人とも自分だけを苛むのであるが、イアーゴーは、こういう態度がシニカルに利用された場合、どういう結果をもたらすかに気づいている。オセローを愛する人々がオセローの意見に左右され、しかもオセローは嫉妬深く、彼らの愛を失いはしないかとびくびくしているのであれば、イアーゴーは、オセローの恐れにつけこみ、他の人々に対してますます多くを要求させ、そうすることによってイアーゴー自身の目的を達成することができるのである（例えば、デズデモーナを意のままにする最善の方法は恐れだ、というイアーゴーの提案。3幕3場236─238行）。イアーゴーが新しい危険を示すだけで、オセローが求める基準はいよいよ高く厳格になってゆく。オセローの病的な恐れによって、罪のない人間の行為が犯罪にされてしまう。道徳の基準がこのように高くなったのは、もっぱらイアーゴーの低俗な人間観のためである。このような状況においては、キャシオーが酒に弱いという害のない事柄や彼の女好きさえも、道徳的な罪にしてしまうことができるのである。欺かれたと悟ったときのブラバンショーの反応が、オセローの暴君ぶりを予表しているのに注意を払うのも、興味深いことである。1幕3場221―224行。

(39) 3幕4場68―81行。シェイクスピアは、出典であるチンティオ〔Cinthio, 1504‐73, イタリアの作家。『百話集《ヘカトミッティ》』（一五六五年）は、ローマからマルセイユに向かう船上で語られる形式の物語で、『オセロー』の筋は、第三巻第七話にある小品物語「ディスデモナとムーア人」からとられた。〕の小品物語（*novella*）では、はるかに小さな意味しか与えられていないハンカチを取り上げ、それ一つだけでオセローの疑惑の正しさを証明する魔法のお守りに仕立てあげている。それは、デズデモーナが死ななければならない唯一の、また十分な根拠なのである。

(40) 5幕2場110行。

(41) 5幕2場304―307行。3幕3場403―413行、参照。

(42) 1幕3場113―115行、1幕2場83行。

(43) 1幕3場166―168行、2幕1場255―257行。

(44) この「デズデモーナ」という語の語源について、私は、ギリシア語の*δεισιδαίμων*に由来すると考えるシャフツベリーの説に従うが、シャフツベリーより後の解釈者は皆、「不運な星の下に生まれた」あるいは「不運な」という意味の*δυσδαίμων*が語源であると解している。もちろん、劇を解釈するうえで、ある名前の語源を推定して、それに頼りすぎることは許されない。その語源自体に議論の余地がある場合には、ことにそうである。しかし、シェイクスピアが、登場人物の特性を言外に表わすような名前をつけることが多かったのは確実と思われ（Ruskin, *Munera Pulveris*, in *Works* [London : 1905], p. 257〔ラスキンはここで、デズデモーナ（「あわれな運命」）、オセロー（「注意深い人」）、イアーゴー（「乗っ取りをする人」）などを例に挙げている。〕参照）、このデズデモーナの場合は、二つの意味はどちらも、彼女の特性をきわめてよく言い当てていると言えよう。私は「迷信深い」という意味の方を選びたいが、その理由は、デズデモーナの性格を総合的に観察した結果、そう名づけるのがふさわしいと思うからである。私が知りうるかぎりでは、この二つの解釈のうちどちらかを選ぶ言語学的根拠はない。したがって、どちらがこの名前の意味として適切であるかを示すためには、自分なりに劇を解釈するほかない。その解釈が説得力のあるものであれば、選ばれた意味の重みが増すのである。この問題を論じている他の解釈者はほとんど、デズデモーナは不運だったのであり、それが彼女の本質なのだ、という確信に基づいて、語源を選択している。彼女の名前は、このような彼女の本質を表しているにすぎないのである。本論では、彼女の悲劇の核心をなすのは単なる不運ではないことを証明しようとしてきた。読者は、二つの語源のうちどちらがもっともであるかを、自ら判断しなければならない。学問には、これ以上のことは言えないのだから。学術的な事柄ではよくあることだが、疑問の余地のある解釈を確定しているものであるかのように考えると、実際にはその解釈如何で変わってくる論点について、科学的な証拠が提供されたように思われるものである。シャフツベリーのような人物の『オセロー』理解が誤っていることが確実になって初めて、シェイクスピアは、「不運な星の下に生まれた」という意味を考えていたのだ、と断定することができるのである。

裏付けとなる証拠は皆、両様に解釈される。シェイクスピアの出典であるチンティオの作品に見られる名前のうちで、シェイクスピアに引き継がれたのは、この名前だけである。チンティオの作品では、この名前が

「不運な星の下に生まれた」という意味であるのは、ほぼ確実である。しかし、だからといって、シェイクスピアはデスデモーナの性格全体を解釈し直し、それに新しい意義を与えてはいるが、その名前の意味にはそのような変更を加えることはできなかっただろう、と証明されたことにはならない。一つ、これと密接に関連しているのは、シェイクスピアがこの名前の綴りをチンティオのものとは変えていることである。チンティオの小品物語（*novella*）では、"Disdemona"なのである。この*i*ないし*y*は、慣例上ギリシア語の*υ*にあたるので、明らかに、この名前の語源は*δυσδαίμων*であるように思われるが、シェイクスピアが*i*に替えて*e*を用いたことで、もしそれが、はっきりとはわからない音便上の理由からでなければ、この名前はいっそう*δεισιδαίμων*に近くなるとも言える。それ以前とまではゆかなくても、遅くともテオプラストス〔Theophrastos, 前372/369頃～前288/285頃，ギリシアの哲学者。アリストテレスの学園の二代目学頭。『人さまざま』（森進一訳）、岩波文庫、一九八二年）には、古代ギリシア庶民の人物スケッチが見られる。〕からこの方、*δεισιδαίμων*すなわち迷信深い人間は、陳腐な人間類型の一つ、つまり、人間が犯しがちな危険な誤ちについて聴衆を教化するために、文学作品に描かれる人物である。プルターク〔Plutarchos, 46/48頃～127頃，古代ローマのギリシア人著述家。主著『英雄伝』『倫理論集（モラリア）』〕は、このような人間について論文を著しており〔『倫理論集』（『モラリア』2（瀬口昌久訳）、京大学術出版会、西洋古典叢書、二〇〇一年）中の「迷信について」〕、シェイクスピアなら容易に読めたであろう。プルタークの著作では、迷信深い人間は無神論者と対比され、ともに、神々の本質について互いに正反対の誤った見解を抱いているとされている。プルタークのスケッチによれば、両者はそれぞれ、デズデモーナとイアーゴーに著しく類似した点を持っている。

　最後に、この二つの派生語は、必ずしも互いに排除し合うものではない（前出p.62, 参照）。John Upton, *Critical Observations on Shakespeare*（London : 1746）, p.288, John Wesley Hales, *Notes and Essays on Shakespeare*（London: 1884), p.111, Albert Tesch, "Zum Namen Desdemona," *Germanisch-Romanische Monatsschrift*, XVII (1929), 578―588 参照。

(45) 4幕3場66―116行、24―26行、2場81行、131―145行、177―193行、3幕3場89―96行、103行、4場162―176行。

(46) 5幕2場255―261行。

(47) 3幕4場95―104行。

(48) 5幕2場147―156行。オセローは105行でデズデモーナを窒息死させ、117行に至るまでには、彼女は死んだと確信している。シェイクスピアが、彼女に息をふきかえさせるつもりだったのか、あるいはオセローの思い違いで、彼女はまだ完全には死んでいなかったのか、どちらにせよ、デズデモーナが言葉を発するのは――絞殺された後で意味のある文章を口にするのであるが――、事物の自然の秩序にそぐわない驚くべき出来事である。この難問は、これまでにもしばしば注意を惹いてきている。私は、この哀れな女性が最後に見せる、このようなこの上もない努力は、聴衆に超自然的な印象を与える意図で描かれたものであり、彼女の臨終の様子を変えるなどして合理的に説明しようとすれば、シェイクスピアの真意を捉え損なうことになると思う。まさに彼女の行動が現実にはありそうもないということから、デズデモーナの愛情と信頼がなみなみならないものであることがわかる。もっぱら人間界で進行することを特色とする劇、シェイクスピアの他の偉大な悲劇の特徴である、自然界と人間界との相関関係が見られない劇において、彼女はこの点に、人間的なものを超えた意味を与えているのである。劇場、とりわけシェイクスピアの劇場においては、蓋然性があり重要ではあるものの、言葉では言い表せない事柄を表現するために、現実には起こりそうもない事柄が用いられる。

(49) 4幕2場150行。

(50) 1幕1場169行、121—122行、3場427行、2幕2場310—312行、323—325行、381—382行、3幕4場50行、5幕2場351—352行。

(51) マコーレー（Macaulay）は巧みなイアーゴー弁護を行った〔北方の人々には嫌悪感しか抱かせないイアーゴーも、十五世紀のイタリアの人々になら、ウィットや判断の明晰さや、自分の気質を隠しつつ他人の気質を洞察する巧みさによって、いくらかは尊敬の念を抱かせたろう、という趣旨。〕が、それはFurness variorum版〔第2章、訳注〔2〕参照。〕の412—413ページに引用されている。

(52) 1幕1場71行。「出エジプト記」3章14節、参照。3幕3場104—106行、参照。

(53) 1幕3場350—390行。

(54) 2幕1場119—191行。

(55) オセローはそれとは反対に、人間は基本的に見かけどおりである、と信じていた（3幕3場139—151行。1幕3場422—425行、参照）。イアーゴーは見かけと実体を区別しており、何をするにもその区別を踏まえている。人は実相に即して生きなければならないのだが、実相はうわべとは根本的に異なっている。一方、人の見かけも実際とは違う。イアーゴーがオセローを欺いて利用することができるのは、オセローがこれほどにも外見にこだわるからであり、また、オセローも、いったん外見に不信を抱きはじめてしまうと、どんなことでも現実にありうる、と信じるようになるからである。イアーゴーの「自分を大事にするやつにお目にかかったためしがない」という台詞（1幕3場344—345行）は、彼の見解に基づく道徳的態度を表現している。

(56) 1幕1場45—70行。

第4章　異教徒の英雄の道徳——『ジュリアス・シーザー』

しかし生涯を通じて恵まれたその偉大な守護神は、その死後も暗殺の復讐神として殺害者に付き纏い、海陸全体にわたって駆り立て追跡し、手を下したにせよ計画に加わったにせよ少しでもこれに与かった人々を一人も残さずに罰し了せた。(1)

『ジュリアス・シーザー』第4幕第3場。アントニーらとの決戦となるフィリパイの戦いを控えたブルータスの前に、シーザーの亡霊が現われる。

図版：早稲田大学演劇博物館所蔵・資料番号 M60-30-8
The Works of William Shakespear volume Ⅲ

『ジュリアス・シーザー』は、神になった男の物語である。単に人間としての業績――ローマ共和国の破壊と普遍的な君主制の確立――が評価されただけでなく、彼は、神として崇められた。彼の名前を受け継いだ人々の多くもそうであったが。彼の登場によって、英雄の時代は永久に終わりを告げた。シーザー〔『ジュリアス・シーザー』の登場人物。ユリウス・カエサル。〕は、すべての英雄的野心に潜んでいる目的を達成した。自分が誰よりも優れていることを証明したのである。彼には競争相手がいなかった。自らは恩恵を受けずに、恩恵を施した。そして、彼の亡霊はローマを支配し、唯一つの、正統性を主張しうる資格を伝え、それに背くすべての者を罰した。彼は、要するに、自足していたのである。

シェイクスピアは、この最大の政治的功績を分析する。達成するのには途方もない才能が必要だが、ひとたび達成されてしまうと、その価値は曖昧である、と。劇中、シーザーが行動する場面は全くない。我々が目にするのは、この非凡な人間が語る姿、また、世界に影響を及ぼす姿であるが、その影響は大きく、誰も彼と関わりを持たずに行動することはできず、天界も彼のイメージを反映しているように思われるほどである。シーザーをシーザーたらしめ、彼の業績を可能にした諸要素を理解するには、彼を取り巻いていた、彼ほどの力量を持たない者たちを検討するしかないが、それらの人物の描き方がきわめて錯綜しているので、多くの人々にとって、主人公はシーザーなのかブルータス〔『ジュリアス・シーザー』の登場人物。マルクス・ブルートゥス。シーザー暗殺の陰謀者。〕なのかさえ、はっきりしない。しかし、その結論がどうであれ、シーザーないし彼が象徴するものが、劇中のすべての人間を威圧していること、また我々が、まずシーザーと彼のローマを考察しなければならないことは、誰にも否定できない。

1

ゲーテの言[2]にもかかわらず、シェイクスピア劇のローマ人はイギリス人ではなく、本物のローマ人、すなわち、近代人とは性質の異なる情念と目標を抱く別種の人間である。シェイクスピアは彼らに、聴衆が見てローマ人と分かる服装をさせた。さもなければ、彼らは耳を傾けなかっただろう。しかし、劇中で、本質的な相違が明らかになる。こう言ったからといって、近代になって、あるいは古代の没落とともに人間の本性が変わってしまったというのではなく、むしろ、人間性に資する新しい対象が与えられ、新しい教育によって人間性が形作られるということなのである。過去が興味を惹くのは、まさに人間性が変わっていないからである。我々は今でも、往時の人々のように成りうるのである。

ローマ人は、異なった法律と、最も重要なものごとについての異なった理解が産み出した人々である。シェイクスピアは、彼らの制度や信条の意味と価値を我々が少しでも理解できるように、彼らを再現しようと努力した。それは、歴史家や劇作家にとって、この上なく困難な努力に数えられる。劇中の人物の性格や目標になじみがなく、自分が知らないことに気づいてさえいない聴衆に、ローマ人をもっともらしく描いてみせなければならないのである。シェイクスピア自身、その人物たちを理解しなければならない。それほど彼らは、シェイクスピア本来の世界とかけ離れているのである。古代ローマの雰囲気を再発見することは、ルネッサンスにおける古代ギリシア・ローマ彫刻の美の再発見に似かよっている。その芸術は、ヨーロッパ人がそれまでなじんでいたものと全く異質な、優美で気高い人間を描いていた。それは魅力的で謎めいており、これまでのものに代わる人間観を提示しているように思われた。だが、そのような人間観を理解するには、当時の人々を理解し知ろうという大変な努力が必要だった。というのは、古代人が経験したことや、彼らの心を動かした情念がもはやわからなくなっていたからである。自分とは違うものを認識するのは、決して容易なことではない。

　このような企てが、ある意味で、ルネッサンスと呼ばれているものなのである。古代の芸術と並んで、古代ローマの政治生活も興味を惹き、称賛を集めはじめた。ローマはそれまで全く忘れられていたわけではないが、教父たちとローマとの論争の見地から眺められていた。ローマは特殊な伝統の一部になっていたのである。何層にも積み重なった偏見を取り払わなければならなかったが、アウグスティヌス〔Aurelius Augustinus, 354－430. 古代キリスト教最大の神学者。異教・異端と論争し、カトリック教義の確立に努めた。〕のローマ〔注(4)『ディスコルシ』訳注、参照。〕と比べてみれば、このような功績が如何に大きなものかを感じ取ることができる。だが、それは、新世界の発見を期待して盛んになった探究なのであった。

シェイクスピアは、この再発見運動によって産みだされ、この運動を担った人物である。彼のローマ劇はローマの本質を示してくれるが、その劇の中で、彼は、ローマ人をローマ人たらしめている、あの捉えどころのない資質を再現しようとした。しかしながら、ローマは、我々のすぐ前の世代は別として、〔1〕いつの世も人々の興味を惹いてきたのに、近代人にはもはやそれほどの興味は抱かせない。それはことによると、もはやローマを模範とする必要がないからか、あるいはひょっとして、ローマがどのようなものであったかが忘れられてしまっているからかもしれない。それゆえ、シェイクスピアの聴衆のうち、少なくとも学のある人々にとって、ローマがどのような意味を持っていたかを思い起こすのは、当を得たことである。というのは、このようなイメージこそ、シェイクスピアが彼の劇の主人公たちの物語を創り出すうえで、あてにすることができたものなのであるから。

シェイクスピアの時代には、ローマ帝国の遺物がまだ消えずに生き続けており、大ブリテン島そのものが帝国の一部であったことが、まだ記憶されていた。まだ皇帝たちが支配していたが、それは第一次世界大戦まで続いた。「文明化した」という形容詞を冠する名誉に浴していた国々は皆、その帝国の境界内にあった。法の原則はローマのものか、ローマ法に由来するものかどちらかであった。進歩的な教育は、たいていローマの言語〔ラテン語〕によってなされ、いつの世も変わらない手本となっていた哲学や詩は、ローマのものか、ローマ人によって伝えられたものか、どちらかであった。さらに重要なことには、政治的な偉大さの手本は、個人と国、どちらにとっても、ローマにあった。

善かれ悪しかれ、ローマの功績は驚くべきものだったので、立派な政治秩序の確立に関心を抱く人々に、感銘を与えずにはおかなかった。このたった一つの都市国家が世界を征服し、ローマ共和国の崩壊まで、どの時代にも、数多くの英雄を生み出したのだった。シェイクスピアは、『ジュリアス・シーザー』においても、『アントニーとクレオパトラ』においても、ローマのこのような外見を巧みに利用している。支配権をめぐる争いは全世界を賭けたものなのだ、ということが絶えず意識される。主人公たちの抱える問題も彼らの才能も、それにふさわしく大きなものである。このスペクタクルについて思いめぐらす、そのことによって、また、そこから夢想の機会を与えられることによって、公人、私人を問わず、あらゆる人間が抱く願望と夢が、この上もなく満足させられるのである。

他ならぬこのような背景の下で、ローマ劇は鑑賞されなければならない。ローマは、ある意味で、すべてである。つまり、原因であり結果である。シェイクスピアが最終的にローマをどのように判断したにせよ、また、潜在的にはイングランドの方が優れているとどれほど感じていたにせよ、ローマは、シェイクスピアの筆にかかると、他に比べもののない輝きと壮麗さを帯びる。ローマ人は、歴史上、最も偉大な政治的人間であった。彼らは、エリザベス朝のイングランドの人々とは大いに異なっていた。その本質的な相違がなんであるかを詳細に述べることは、私の能力の遠く及ばないところである。解答を示唆するためには、劇そのものについて熟考を重ねるしかない。しかし、おおまかに言うならば、ローマ人には、イングランドの人々が持っている二つのもの、すなわち、唯一人の支配者と唯一人の神がなかった、と言える。ローマ人は君主主義者でもキリスト教徒でもなく、共和主義者で異教徒であった。ローマ人一人一人が、これに伴なう影響を受けている。彼らは全く現世的であり、彼らを行動に駆り立てるのは、ほとんどすべて政治的あるいは官能的なものであった。神々の存在を信じている者もあったが、その神々は政治的な成功や失敗にしか関わりを持たず、市民社会が提供する次元を越えた、人生の新しい超越的な次元を指し示すことはなかった。英雄たちは恥ずかしげもなく、栄光を得ようと野心を燃やした。彼らは、他の魅力や神話によって注意を逸らされはしなかった。途方もなく多くの英雄たちは皆、有能で、誰もが自分の上に立つ者を認めず、各々が鎬《しのぎ》を削っていた。

『ジュリアス・シーザー』では、シェイクスピアは、これら偉大な人間のうち、最も偉大な人物を描こうとしている。逆説的なことに、偉大なローマ人の苗床であったローマ共和国を破壊したのは、彼らすべてのうちで最も偉大なローマ人である。よき市民であると認められようと、絶え間なく全力をあげて競うなかから、最終的に、敵対者すべてを制圧しうる勝利者が現れた。これはローマ史上の決定的な瞬間、すなわちローマ共和国の絶頂であり、かつローマ帝国のとば口であった。いったん目的が達せられると、もう何もすることは残っていなかった。『アントニーとクレオパトラ』は、このことを明らかにしている。オクテーヴィアス〔オクテーヴィアス・シーザー。『アントニーとクレオパトラ』、『ジュリアス・シーザー』の登場人物。シーザー死後のローマの三執政官の一人。〕

は単にシーザーの名前を受け継いでいるにすぎないのに（オクタウィアヌス（オクテーヴィアス）は、カエサル（シーザー）の姪の子であるが、嫡子に恵まれなかったカエサルの遺言で養子相続人に指名され、後継者となった。）、それによってシーザーの功績の成果をも受け継ぐ。しかも、オクテーヴィアスは英雄でも何でもない。彼は、愛する能力も戦う能力もない、味気ない日和見主義者なのである。ジュリアス・シーザーがきわめて巧みに自分に託された仕事を果たしたので、旧世界のものは何一つとして新世界では機能しない。最後の英雄は、頽廃的ではあるものの、アントニー（マーク・アントニー。『アントニーとクレオパトラ』、『ジュリアス・シーザー』の登場人物。オクテーヴィアスと並ぶ三執政官の一人。）である。彼においては、英雄的なものを構成する諸要素が平衡を失ってしまっている。活力と官能的な愛とが別々の方向に向かっているのである。だが、この矛盾する衝動がそれぞれ、なんという高みにまで彼を運んで行くことか！　彼は生き生きしている。彼の性格が持つ力と幅が我々を虜にする。そして、人間的に劣るオクテーヴィアスに、彼が避けることの出来ない敗北を喫するのを見ると、我々は苦々しさを禁じ得ない。世界から心が失われてしまったのであり、非英雄的な臣民が市民の後を引き継ぐことになるのである。

ジュリアス・シーザーは、君主制と平和とへ向かう道を準備した。その平和のうちに、平和を称揚する新しい信仰の種を蒔くことができる。古い神々は、最後の戦士とともに去る(3)。古い秩序とその特徴を帯する人間が消え去って初めて、新しい秩序が育つことができる。シーザーは、その古い秩序の頂点であり、また終着点である。共和制ローマは二つの条件、すなわち対外戦争と国内の派閥争いの下に存在し、繁栄していた。シーザーは、原則として、この条件を二つとも消滅させた。それらは本来、望ましくないものなのだが。そして、そうすることによって、ローマ人の存在を、もはや不要にしたのである。

そういうわけで、重要なのは、シーザーの才能とは何だったのか、このような結果をもたらした政策とはどのようなものだったのか、と問うことである。この問いに答えるための準備として、劇で描写されているローマの政治形態の性格に注意を払わなければならない。主人公たちは、ローマの抱える問題に直面しているからである。彼らは、自分がローマ市民として行動していると考えている。彼らのあるべき姿、すべきことは、ローマの法律によって定められているのである。

『コリオレーナス』からも『ジュリアス・シーザー』からもまず見てとれることは、ローマが一つの国家ではなく二つの国家、すなわち富裕な人々の国家と貧しい人々の国家であることである。この二つの国家は、力のバランスを絶えず変えながら同盟している。そして、このバランスを視野に入れて、政治家はその役割を果たし、自らの方針を定め、自分のなしうることを示すのである。二つの国家を結び付ける、それ以上高次な原則や関心は存在しない。各々の国家は相手にとって必要なのだが、彼らは互いに敵意を抱いている。そして、各々が全くの力ずくで、相手の目標を引き下げるのである。富裕な人々の国家には、気高く興味深いあらゆるものがある。彼らは、元老院〔2〕を構成し、戦争を指揮する人々である。彼らはローマの魂である。シェイクスピアは民主主義者ではない。だからといって、後でわかるように、貧しい人々に対する思いやりを欠いているわけではない。むしろ、一定の重要な美徳を備えられるのはごく少数の人々にすぎず、その人々には特別の訓練と長い伝統が必要とされる、と確信しているのである。彼が貴族の特権を強調するのは、美徳、とりわけ一定の政治的な徳だけに、このように注意を集中するからである。もし万一、アウグストゥス〔Augustus. 前63－後14. 古代ローマの初代皇帝。前名オクタヴィアヌス（Gaius Octavianus）。アウグストゥス（「尊厳」の意）の尊称を受け、プリンケプス（「第一人者」の意）として事実上の専制政治を行なった。〕の下で起こったように、政治的な権利が平等になれば、少数の人々にしかない美徳が発揮される場はなくなるだろう。ローマが偉大なのは、元老院議員階級あってのことであり、この階級は本当に独特なものである。すなわち、無政府状態も一人支配も回避しようとして法律を遵守する人々から成る、比較的大きな集団なのである。彼らはごく当たり前の弱さやわがままを抑えて厳格な軍の規律に従うが、その見返りに得られるのは名誉だけである。そして彼らだけが、戦争と平和の問題に結論を下す際に信頼できる。しかもこれは一日かぎりのことではなく、何百年間も続いてきているのである。彼らの間では、たった一人の個人が奇跡を起こすこともありうるように思われる。ローマ史は大規模で没個性的な運動の歴史ではなく、偉大な個人の歴史なのである。一方、国の身体である貧しい人々は、肉体的な必要に縛られている。窮乏しているために、彼らの視野は限られている。彼らには政治家の資質は全くなく、善の道にも悪の道にもたやすく導かれる。ほんのちょっとした理由で信念を変える。恐怖心に支配されている。そして、勇気と知恵があるように振舞っていても、試練に遭うとたちまち奴隷根性が暴露される。だからといって、シェイクスピアが彼らを憎んでいるというわけではない。彼には、彼らが、たいていの人間と同様に、おおかたは弱いものの、悪意は持っていないことがわかっている。しかし、事実は直視しなければならない。そして、シェイクスピアによれば、資質の劣る者よりも資質の優った人間が好まれて当然なのである。

コリオレーナスは、民衆を操作できなかったために失敗した〔第三章、注(19)参照〕。シーザーは、自分の階級を裏切り、民衆に内在する最も卑劣なものに訴えることによって、彼らの支持を得て成功した。これが、ローマ劇の隠れたテーマである。つまり、民衆を買収することが、ローマ支配の鍵なのである。

ローマ共和国では、民衆が、実は国家を左右している。彼らは自由であり、自らは執政官《コンスル》〔3〕にはなれないものの、執政官の選挙には関与する。彼らは拒否権を持っている。彼らの選挙関与には明らかに、民衆の利益を損なう政策を支配者に遂行させない、という国制上の意図がある。民衆は考慮に入れられなければならず、奴隷になってはならないのである。これは、元老院議員階級が一体となって、国家全体の必要を考えて官職の候補者を選ぶ限り、完璧に機能する。この場合、民衆の力は、真の共通善の発見を確実なものにするのに役立つだけである。しかし、一団の元老院議員が堕落して、法律の趣旨に反するやり方と権限を以って支配したいと考えるようになると、彼らは直ちに同輩の頭越しに、民衆の願望に働きかける。民衆は先頭に立つことはできないが、元老院議員階級の有力者が彼らの先頭に立つことができれば、たちまちすべてが台なしになる。そして、徳を象徴する階級に抗して、暴君と民衆の利益が支配することになるのである。

『コリオレーナス』でも『ジュリアス・シーザー』でも、冒頭、まず民衆が登場する。そして、どちらの劇でも、彼らが原因で不穏な状態が広まっていると考えられている。しかし、この二つの劇では、平民の大多数の性格は全く異なっている。[4]『コリオレーナス』の平民の方が、ずっと堅実である。人心の動揺が起こるのは、虐げられ飢えているからである。彼らの要求は少なくとも妥当なものと思われ、彼らを動かしているのは主に、わずかにせよ現在持っている発言権を失うのではないかという恐れである。彼らは、冷淡な元老院に苦情を表明するために、護民官の設置を許されたばかりである。模範にはならないが、ごく普通の素朴な人々であるように思われる。[4]彼らは立派な戦士ではなかったかもしれないが、戦いは経験していた。彼らの要求が法に適っていることは明白であり、シェイクスピアがプルタークからヒントを得ていることも明らかであるが、プルタークは、コリオレーナスはほとんど悪徳といってもよいほど、民衆に対する配慮を欠いていた、と主張している。[5]他方、『ジュリアス・シーザー』には、怠惰で粗暴な民衆、文字通りの都市の最下層民が登場する。彼らは事態を牛耳ることに慣れており、横柄である。へつらわれるのが習慣になっている。コリオレーナスに笑いものにされているのではないかと恐れた、あの平民たちとは、なんと異なっていることだろう。陰謀を企む者たちの弄するレトリックはすべてこのような者たちに向けられており、彼らが傲慢にも内戦の帰趨を左右するのである。彼らは、パンとサーカスを与えられることに慣れており、自分たちのためにどれほどのことをしてくれるかを尺度に、称讃の対象を変える。『コリオレーナス』では民衆は圧制を恐れているが、『ジュリアス・シーザー』では暴政に無関心で、暴政を招くもとになる。民衆は、貧しくて貴族に抑えられている時には、全く慎み深く同情に値するが、国家を左右するようになると、共和国の諸制度の敵となるのである。彼らは、『コリオレーナス』では、衝動的である、と、『ジュリアス・シーザー』では、薄情で気まぐれである、と非難されている。(6)『コリオレーナス』の護民官は、無知な民衆を誤った方向に導く下劣な利己主義者である。彼らの権力は、民衆が元老院議員や伝統的な秩序にどれほど敵意を抱いているかに左右される。『ジュリアス・シーザー』では、護民官は勇敢にシーザーに敵対し、民衆の願望に迎合せず、民衆の利益を守っている。新しいシーザー政権は、貴族階級の人々で構成されている。この新しい政権は、民衆の名において護民官の力を削ごうとする。(7)護民官は、政体を損なわないために、元老院議員階級の伝統的な役割までも擁護しなければならないのだ！　このように民衆が堕落し、元老院議員との関係が腐敗していることは、コリオレーナスのローマとシーザーのローマとの隔たりを示すものである。

シーザーは、愚民たちを意のままにして、自分の同僚である元老院議員たちの行動の自由を束縛する。劇中では終始一貫、明らかに、元老院議員たちの大義は失われている。いかに団結しても、民衆を煽動し、個人的に優位に立つために民衆の力を利用しようとする者たちに、すぐに打ち破られるだろうから、元老院議員は団結できない。平民の品位や愛国心を当てにできる見込みもない。取り返しのつかないほど盲目で堕落しているからである。彼らは、自分たちに取り入る者と立派な支配者とを区別できないのである。シーザーを押さえ込むには、新たな暴政を敷くしかないだろう。だが、何故そんなことをするのか。自由と合法性を主張して初めて、その陰謀には品位が備わるのだ。こんどの暴君はおそらく、シーザーに劣るであろう。

この袋小路は、二つの葬送演説に、この上なくみごとに表現されている。ブルータスは、紳士が紳士に語りかけるように話をする。彼の話しぶりは散文的であり、報酬には触れず、冷静に、聴衆の市民としての徳に訴えかける。彼は、聴衆を昔ながらのローマ人として遇する。徳の報酬は徳そのものであり、聴き手は自由に対して無私の愛を抱いている、とみなされているのである。アントニーの話しぶりは韻文的である。彼はレトリックが巧みである。聴衆が堕落していればいるほど、レトリックは華々しくなる。善良な市民は真実を語る。そして、聴衆に敬意を払い、彼らには共通善を認識する能力があり、また共通善に従って行動できる程度の徳はある、と信じている。一方、追従者は、聴衆は当然卑劣であると考え、自分の餌を言葉の美しさで覆い隠して、聴衆の悪徳に訴えかける。ブルータスは厳格であり、アントニーは魅力的である。しかも、アントニーの訴えの根拠は、シーザーが民衆に施しをした、ということにすぎない。シーザーが罪人であるはずはない。民衆を愛していたのだから。これが、アントニーの主張の要点である。将来たいそうな見返りがある、と約束すると、彼の言い分が通る。このようなことすべてを、アントニーはシーザー一派から学んだのである。シーザーは、民衆を利用して貴族に対抗する術《すべ》を知っていた。そしてそれを足場にして、独裁制《カエサリズム》の名においてすべての派閥争いを終結させた。この劇からは、元老院勢力の最後のあえぎ、あるいは、自分たちの時代は終わった、という旧来の支配者の自覚が見て取れる。もはや彼らの布告を守らせることはできない。彼らは死ぬか、さもなければ快適にひっそりと暮らす術《すべ》を身につけるしかない。

2

シーザーの性格を理解するためには、彼と対等の地位にいた人物であるコリオレーナスを一瞥するのが適当である。コリオレーナスの失敗が投げかける光で、シーザーの成功の意味が明らかにされるだろう。コリオレーナスの偉大さは、市民のうちの最良の者であった彼を、祖国に咎められる反逆者にしてしまうが、シーザーの偉大さは、反逆者であった彼を国家の神にするのである。

コリオレーナスは、彼の主義から言って、民衆と取引することができない。それは、純然たる自尊心の問題である。彼は紳士であり、紳士というものは、自分が望むものを手に入れるために品位を落とすようなことはしない。コリオレーナスは、公共に尽くした結果、上に立つ資格を持っている。し

郵　便　は　が　き

料金受取人払

本郷局承認

2455

差出有効期間
平成17年2月
28日まで

（切手不要）

113-0033

東京都文京区
本郷6－2－9－102

信山社出版株式会社　行

※本書以外の小社出版物の購入申込みをする場合に御使用下さい。(5[K]540)

購入申込書	書名等をご記入の上お買いつけの書店にお渡し下さい。	
〔書　名〕	部数	部
〔書　名〕	部数	部

◎書店様へ　取次番線をご記入の上ご投函下さい。

愛読者カード お手数ですが本書の著者名・書名をご記入ください。

［ 著者名 ： 書 名 ］

フリガナ ご芳名	年齢 歳	男 女

フリガナ
ご住所

郵便番号　　　　FAX：
TEL：　　　　E メール：

ご職業	本書の発行を何でお知りになりましたか。 A 書店店頭　B 新聞・雑誌の広告　C 小社ご案内 D 書評や紹介記事　E 知人・先生の紹介　F その他

本書についてのご感想・ご意見をご記入下さい。

今後どのような図書の刊行をお望みですか。また、本書のほかに小社の出版物をお持ちでしたら、その書名をお書き下さい。

たがって、自ら求めたり、あるいは、既に資格は十分なのに、浅はかな民衆が喜ぶように外面を飾り立てたりしなくても、官職を与えられるべきである。(8)道理から言って、もし彼に正当な資格があるなら、民衆におもねろうとしなかったのももっともである。品位ある国家は、品位ある人間に報いるものだ。名誉を得るためには卑劣なことをしなければならないのなら、その法律は、たとえ高潔な規範を含んでいても、幸福や成功の指針とはならないだろう。立派なものではないだろう。別の言い方をすれば、ある国家の法律や習俗は、その国家の支配的なグループが産みだすものである。善良な市民とは、この支配的な精神ともっとも良く調和する人間である。コリオレーナスの徳は、元老院議員階級の精神と調和している。もしこの階級が国家を支配しているなら、彼はくつろいでいられる。(9)だが、国家が民衆、もしくは平民と貴族の連合に支配されているなら、それと調和し栄誉を授けられるためには、自分の英雄的な性格を和らげるか変えるかしなければならない。コリオレーナスは、自分と同類の人間が国家で支配的になることを望んでいる。少なくとも、この点で、彼はソクラテスと異ならない（ソクラテスは、「悪法もまた法なり」として、法に殉じて毒を仰いで死んだ。）。高潔でないばかりか、自分に対しても高潔でいることを許そうとしないものに仕えて、なんのためになるのか。このように考えた結果、コリオレーナスは、膨大な数の民衆、という政治的存在を否定せざるをえない。

ある意味で、コリオレーナスが民衆に異議を唱えるのは、いったん民衆が権力にあずかることを許されれば、究極的には『ジュリアス・シーザー』に見られるような結果になるだろう、と予測したからにすぎない。民衆を痛烈に非難する彼の大演説を読むと、話しぶりはともかく、その趣旨は道理に適っている、という印象を持たざるをえない。(10) その非難はすべて、シェイクスピアが描く民衆の行動と意見を的確に描写している。しかし、シェイクスピアの表現をコリオレーナスのものと比べてもよいのなら、そこには語調の違いが見られる。コリオレーナスの表現には憎悪と苦々しさが満ちている。彼の論じ方には、今日なら改革者の精神と呼んでもよいものがある。シェイクスピアは、自分は受容の精神を持っている、とほのめかしている。世の中とはこんなものなのであり、人間性が改善される見込みはないのである。この点でシェイクスピアは、プルタークからヒントを得ていると思う。プルタークはコリオレーナスを非難するが、それは民衆についてのコリオレーナスの見解が間違っているからではなく、コリオレーナスが民衆を気にしているからである。プルタークはその証拠に、穏健なアリスタイデス〔Aristeidēs, ?–前467頃。「正義の人」とたたえられた古代アテナイの政治家、将軍。首席執政官《アルコン》（最高官）に選ばれたが、民主派のテミストクレスと張り合ったすえに陶片追放（訳注〔5〕参照。）の憂き目に合う。しかし、二年後、ペルシアとの戦いの際呼び戻され、功業をたてた。〕を引き合いに出す。アリスタイデスの大衆評価はコリオレーナスとおおむね同じであったのだが、彼は、そのように評価するからこそ、大衆からは何も期待しなかった。彼は執政官職と陶片追放〔5〕を、同じ諦めの気持ちで受け入れた。この二人の男の相違は、コリオレーナスが名誉を渇望している点にある。(11) それは彼の最も奥深い衝動である。彼は、自分が最良の人間であることを立証したいと思う。人は、他人の証言に接して初めて、自分の姿が一番良くわかるものである。彼は、一人のローマ人として、名誉ある官職の連続（*cursus honorum*）〔=course of honors. 古代ローマ時代、財務官《クワエストル》に始まり、按察官《アエディリス》、法務官《プラエトル》を経て執政官《コンスル》に昇りつめるまでの一連の官職を指した。これらの官職はいずれも無報酬であった。〕、すなわち徳の高さを示す成功を追い求めなければならないのである。

しかしながら、今や、成功するか否かは民衆次第であり、しかも民衆は、自分たちの理解力や好みに従って投票する。彼らに愛着を持つなど情けないことだ。彼らが正しい判断をするとは思えない。法律を遵守し勇敢に戦う者は報われる、という神話がある。だが実際には、自国の民衆の気質にもっとも良く順応する者が成功するのである。コリオレーナスは血気盛んで高潔な性格であり、この事実を受け入れようとしない。もしも安易なごまかしが名誉を得る道であるなら、何故、彼の名を高めた、あの困難な企てに携わらなければならないのだろうか。彼は、資格のある者に自分の美点を裁定してもらいたいと思う。また、自分が打ち負かす相手として、オーフィディアス〔『コリオレーナス』の登場人物。ローマと敵対するヴォルサイの将軍。〕には偉大であって欲しいと思う[12]。彼には、英雄のなかの英雄である、と認められるための戦いの場を提供してくれる、英雄の世界が必要である。彼は、ものごとの真の性質を覆い隠し人を欺く選挙に勝ちたいとは思わず、自分の本当の姿を賞讃してほしいと思う。コリオレーナスは、自分の徳が何物にも左右されないことを願う。しかし、彼は、決定的な意味で国家に左右されており、しかもその国家は道義的に正しいわけではなく、善と悪の複合物なのである。そこで授けられる名誉はすべて汚れている。これが、コリオレーナスの悲劇である。

コリオレーナスは、紳士の道義から推して、実は、自分の徳と名誉とが神と同様になることを望んでいるわけである。神々が崇められるのは、力があり善良だからであって、国家に迎合するからではない。人間のために何を行うにしても、神々は自由に、また祈りに応えて行うのである。必要に迫られているわけではない。最終的に、妥協するか国家権力に刃向かうかの選択を迫られたとき、コリオレーナスは後者を選ぶ。彼は、ローマを忘恩のかどで罰することができると思うのである[13]。彼は怒って恐ろしい威光を放ち、怒り狂う無慈悲な神さながらである。「神々にあってあの男にないものがあるとすれば、永遠のいのちと、天国の座だけだろう。[14]」しかし、こうした瞬間は長くは続かない。政治的な役割を持たないコリオレーナスはコリオレーナスとは言えず、また、政治的生活を送るためには、指導・支配の対象となる国家がなければならないのである。コリオレーナスには、もはや国家はない。彼はローマには決して戻れない。ローマを憎んでおり、また、決して再び信頼されることはないだろうから。そして、彼が自分の復讐のために利用していると思っている国家は、実は彼を利用しているにすぎない。そこには、彼の居場所はない[15]。

　これらすべてを、彼は、母が嘆願にやって来たときに、強く思い知らされる。彼を誇り高い人間に育てたのは、この恐ろしい女性なのだが。彼は母を愛しており、母を気の毒に思う。彼女はローマの承認を受けなければ生きられないのである。それまでヴォラムニア（『コリオレーナス』の登場人物。コリオレーナスの母。）は、誇り高く妥協を知らないローマ人を育てることと、善良な市民であることとが、齟齬を来たすことがありうるとは、夢にも思ったことがなかった。国家か息子かの選択に直面したとき、彼女は国家を選ぶ。コリオレーナスが人間的感情を呼び覚まされるのは母だけになってしまっているのだが、彼を破滅させるのはこの弱点なのである。神には憐れみの感情がない。なぜなら神は人間の味わう苦しみを味わうことが全くないので、そうした苦しみに脅かされることがないからである。嘆願によって、神の意志を変えることはできない。少なくとも、神に心変わりを強いることはできない。母に対する愛着から、コリオレーナスは、市民として振舞わざるをえない。結局、コリオレーナスは他の人々と同類だったのであり、神のごとくなろうなどという野望を持つべきではなかったのである。

アリストテレスは、国家を持たない人間は神か獣である、と言っている〔アリストテレス『政治学』第一巻第二章、1253a参照。〕。コリオレーナスは国家を持たずに生きようとしたのだが、始めは神であるように見えるものの、実は獣であることが明らかになり、獣にふさわしく待ち伏せして殺されるのである。(16) ローマ以外に、彼には、権力や人間性を現実に与えてくれるものはなかった。本論に資する教訓として、少なくともローマでは、貴族的な道義に則って神になることはできない、ということがわかる。民衆に愛されることが必要なのである。崇められない神は、神とは言えない。単なる英雄的な徳があっても、民衆には愛されない。言葉を換えれば、神になりたいと思う者は、自分の野心の大きさを自覚するなら、一般に神の態度と思われているような態度はとれないのである。コリオレーナスが神になることを恐れる卑劣な護民官たちは、それを妨げることができる。一方、高潔な護民官と陰謀者たちは、シーザーが神になるのを先回りして妨げようとして、自分たちが破滅する。

3

シーザーは、このことをよく知っていた。彼は少なくともコリオレーナスに匹敵する功業をなし遂げたが、それは彼の夢を実現する途上の段階にすぎなかった。シーザーはかち得た勝利を、政体を転覆し民衆の支持を得るために利用した。共和国を維持するための軍事力と、民衆の愛をかち得るための大盤振舞いとを結び付けたのである。単なる過去の雅量や善行だけでは十分でないことが、彼にはわかっていた。民衆はポンペイウス〔Magnus Graeus Pompeius, 前106－48. 古代ローマの政治家・将軍。地中海の海賊討伐、東方征討などで大功を立て、前六十年、シーザー、クラッススと第一回三頭政治を行った。元老院と結んでシーザーを除こうとして失敗し、エジプトに逃れたが暗殺された。〕を忘れてしまっていた。だが、このように武力と民衆の機嫌取りが結び合わされたことで、元老院はまったく無力になった。シーザーに挑戦できるほど、取り巻きを集められる競争相手はいなかった。ローマには威信があったが、内戦の過程で、シーザーが都市国家ローマを支配していることが明らかになった。この政策は二重の意味で強力だった。なぜなら、民衆を味方にしているので、恐れる必要のある競争相手が民衆のなかには一人もいなかったからである。民衆を満足させるのは容易である。現政体によって自らの地位に保証されている自由と権勢を、何よりも大事にする貴族たちだけが、一人支配がどのような結果をもたらすのかを感じ取るのである。

これはすべて巧みな政策ではあるが、決して紳士とは言えない人間の魂から生まれたものである。それは、策略、裏切り、暴力、そして反逆の政策である。忠実で品位あれ、という規範は、すべて無視される。美徳は栄光という目的のための手段にすぎず、したがって添えものなのである。注目すべきは、この男が、因習的な徳にこれほど頓着しないのに、単なる放縦に堕さないこと、高貴な魅力を持っていることである。

シーザーには、どのような堕落も辞さない覚悟ができていた。自分には他の人々が、それも、徳があるからといって味方にはなってくれない人々が必要であることがわかっていたのである。コリオレーナスは、共通善に身を捧げていると自認できた。シーザーが利己的なのは明白である。これは、もちろん、よくある話で、このようなシーザーの政策を支持するのは、それを実行するよりもはるかに容易である。これはもっぱら、シーザーは偉大であるために、通常の合法性や品位を軽視する必要があった、ということとの証明になる。民衆は徳のある行ないをほめそやすけれども、実際は、善良な人間とは得をする人間だと考え、そのような人間にはあらゆる美徳が備わっている、と思うのである。このことをシーザーは知っており、こう気づいていることを導きの糸として、非凡な才能を発揮したのである。ローマの伝統と道徳の最高原理に忠実であろうとした者は、ローマに対する反逆者とならざるをえなかった。聖なる法をすべて破り、きわめて素朴な信義の原則をみじんも気にかけなかった者が神になった。シーザーの矛盾した性格、すなわち、この上ない大望を抱きながら最低の行いをすることができる性格を、モンテスキュー〔Montesquieu, 1689－1755, フランスの政治思想家・啓蒙思想家。三権分立論を唱える。〕はマキャヴェリ風に次のように表現している。「この非凡な人物は多くのすぐれた素質もあり、欠陥はないわけでなく、多くの悪徳を積みもしたが……」[17]と。

シェイクスピアは、シーザーを善悪両様にとれる姿で描くに際し、まず、シーザーが最下等の市民たちの喝采を浴びるところから出発していることを示す。シーザーは、共和国の廃墟の上に、自分の宮殿を建てた人間である。もちろん、共和国が既にひどく腐敗していたことは明らかである。だが、腐敗に便乗する人間は特に称賛を受ける価値があるとは言えず、また、友人を信頼するという男らしい友情を踏みにじって栄光を手にするのは、いかがわしい人物である。[18]シーザーはロムルス〔Romulus, 前七五三年にローマを創建したとされる伝説上の王。建国途上で、権利侵害を行った双生児の弟レムスを殺した。〕とは違う。ロムルスは、あらゆる共和国のなかで最も偉大な共和国を建設するために、性に合わないことを行った。シーザーが何かを建設するという意図を持っていたかどうかは明らかではないが、実際に建設したものは、先のものよりも明らかに劣っていた。

他方、あのような競争相手を打ち負かし、また、平民と貴族を和解させると同時に自分自身の地位も高める、というやり方を考えついたということからは、彼がなみなみならぬ資質を持っていたことが明らかである。そのような資質は、たとえ敬意を抱かせないとしても、少なくとも驚異の念は呼び起こす。シーザーは単なる暴君にすぎないと言われることが多く、またこの劇は、共和主義精神と暴君殺害を讃えるものである、と考えられている。[19] しかしながら、このような見方をするには、シーザーの関わりを恣意的に読む必要があり、またこの見方では、陰謀が結局は失敗する、という明白な事実が見落とされている。陰謀が失敗したのは、単に運が悪かったからではない。それは、シーザーの強みとブルータスとキャシアス〔『ジュリアス・シーザー』の登場人物。シーザー暗殺の陰謀者。〕の弱点に関わっている。結局のところ、この劇は、暗殺者の処罰とシーザー一派の勝利で幕を閉じるのである。

　こう言ったからといって、この陰謀を全く不正なものとみなす解釈が正しい、という意味では決してない。しかし、少なくともそのような解釈は、劇そのものの大筋に基づいている。シェイクスピアは性格描写にしか関心がなかったとか、彼の思考や劇においては動機が公正かどうかは問題にされていない、などと主張して、この論点を回避することはできない。公正さは人間の性格の一部であり、シェイクスピアはそのことを知っていたのである。古代ローマには優った点があったこと、暴政は悪いものではあるが、シーザーの暴政は独特のものであり、この点を陰謀者たちは正しく理解していなかったのだということが、この劇では当然のこととされている、と言うこともできるだろう。ことによると、この人物は、法の支配の行なわれる、したがって健全な統治形態に敵対してはいるものの、きわめて抜きんでているので、たとえなんであれ、支配する資格があるのかもしれない。ことによると、我々は、法の支配を尊重する一方で、シーザーの才能に驚異の念を抱くのかもしれない。市民としての徳を備えていれば人間的にも優れているはずだとは言えず、ことによると、当時ローマでは、他に取りうる方法がなかったのかもしれない。そうであるなら、我々は、陰謀者たちが信奉していた、今は影響力を失った――だが常に復活の可能性のある――共和主義の原則を讃える一方で、シーザーの政治的手腕を称賛せざるをえないだろう。シェイクスピアの意図が曖昧である原因は、この一連の「ことによると」にあるのである。

シーザーを狭量で怒りっぽく戦戦恐恐とした独裁者として舞台にのせることも可能だが、それは馬鹿げている。それでは、シーザーがどのようにして現在の地位に到達したのか、また、なぜ彼が「時の流れを生きたもっとも高潔な人間」である、と一般に評されているのか、説明できないだろう。これはアントニーの言葉からの引用なのだが、一般に、このように言われていたのだろう。ブルータスもシーザーに対して同様の敬意を抱いており、シーザーを憎んでいる人々でさえ、常に彼を例外的な人物であると評している。キャシアスの長い弾劾演説でも、激しい憎しみと修辞的な誇張は見られるものの、シーザーは決して二流の人間と評されてはいない。キャシアスは、シーザーは人間であり、人間同士の相違は、少なくともキャシアスやブルータスのような者たちがいる場合には、一人が他の者すべてを支配するのが許されるほど大きいことはありえない、と主張しているにすぎない[21]。彼の議論の要点は、ブルータスは、自分がシーザーと対等であると考えてもよい、ということにある。同時代の人々は、シーザーは極めて重要な人物ではあるが、それは世襲君主と同じ意味でではないと考えていた。後者を考慮に入れなければならないのは、彼自身に功績があるからではなく、単に伝統の力のためである。それにひきかえ、シーザーは自分の地位を築き上げたのであり、更にそれを高める力を持っているのである。

暴君は、個人的な欲望を満足させるために最高の地位に就くことを願い、政治力を単に、通常の市民的制約から解放されるための手段にすぎないと考える人間、という意味にも解せるが、シーザーはそのような暴君でもない。シーザーの野心は、ある種の公共精神に似ている。彼は、自分のリーダーシップのもとで、ローマが幸福かつ健全であって欲しい、と願っているのである。彼の権力は民衆に根ざしているのだが、彼は貴族に敬意を払い、自分の友人であって欲しいと思っている。彼はある意味で、いまだに伝統的なローマ人なのであり、自分が属する階級の者の自発的な同意によって、栄光をかち得たいと思っているのである。彼は、彼らの支持を得ようと努力してきたのであって、単に、容易に屈服しない人々をみな、暴君よろしく粛清したのではない。かつて敵対していたブルータスの意見が高く評価され、危険なキャシアスも放っておかれている。ここには、歴史上のカエサル（シーザー）に見られる、洗練された都会性も見いだされよう。[22] シーザーが明敏なこと、また、高潔な気持ちから身の安全を顧みないことが、実例をもって示されている。[23] 彼に対する不満は、おおむね、不平、虚栄心、妬みから生じている。彼の演説のなかには、我々には大言壮語の気味があるように思われるものもあるが、シェイクスピアがそのような効果を意図していたかどうかは、それほど明らかではない。我々は、おおげさな演説になじまない時代に生きているからである。リーダー、特に内乱時のリーダーには、いくらか距離を置いた態度と誇り高い言い回しが必要なのである。

シェイクスピアの筆になるシーザーに対する、度を越えた非難を取り上げるのは、この辺にしたい。[24]しかし、シーザーが自分自身を評する巧みな言葉と、我々がわずかながらも目にする彼の実際の行動との間に、ある不均衡があることにも疑問の余地がない。彼は、自分は恐怖に駆られたりはしない、と言うが、彼自身の恐怖でないにしても、少なくとも妻の抱く恐怖には負けている。また、追従に心を動かされる姿を見せた直後に、動じないことについて素晴らしい演説をする。[25]最後に、王冠と王の称号を手に入れたいと願うことによって、彼は無分別という罪を犯しているように思われる。民衆は君主の支配下にいても、自らがつくり出した状況に気づきたがらないものだ。民衆にとっては名目がすべてであって、実質はどうでもよいのである。シーザーは、必要もないのにこのような感情を逆撫でするように見える。彼は既に、実質的な王権をすべて掌握しているのだから。彼の願望が彼自身の野心から如何に論理的に導き出されたものだとしても、そこには何か狭量なものがある。それが、陰謀者たちに最終的な決意をさせる理由である。[26]

我々の前に立ちはだかっている実在のカエサルは、生涯の終わりにさしかかった人間だということを示唆してもよいかもしれない。彼は、なすべきことはすべてなし遂げてしまっている。偉大な行動をする機会はほとんど残されていない。虚しい名誉を刈り取りさえすればよいのである。自分に敵対する可能性のある者には、ことごとく勝利を収めてしまっている。彼は、いささか悲しい気持ちで、自分と対等であった者たちが、もはや自分と肩を並べていないことに気づくのである。ポンペイウスは死んでいる。またオーフィディアスのような者もいない。ヴォルサイ人はみな征服されてしまっているからだ。カエサルは、穏健で寛大であるにもかかわらず、周囲の人々を信用することができない。真実の愛情と、怯えて私利に動かされている人々の甘言とを区別することができない。実際、彼は、愛情ではなく武器によって支配しているのである。カエサルは言葉、彼自身の、また、他の人々の言葉だけをよりどころにして生きている。このような人間が、公衆のための穏やかな行政官という経歴に身を落ちつけられるなどとは、ほとんど想像することができない。残るは、最後の禁断の木の実である王冠しかない。王冠に異議を唱えるのが、共和国の歴史の核心であったのだが。我々の目の前にあるのは、栄光を追い求めて身をすり減らしたカエサルという名前の人間の、光輝く亡骸《なきがら》である。いまや彼は、優柔不断であやまちを犯しがちになっている。残された問題は、自分が何になりたかったのか、また他の人々からどう思われたいのかについて、彼自身がどう考えるかである(27)。

シーザーは、自分は神であると考える。死すべき者たちと異なり、彼の意志決定に理由はない。彼の意志が理由なのである(28)。これは全能のしるしである。最後の演説では、いずれは死ぬべきことをいつになく懸念していながら、彼は自分を不死の者に譬える。襲撃される前の、彼の最後の言葉のなかには、「オリンパスの山〔Olympos. ギリシア北東部にある最高峰。山頂にゼウスを主神とする十二の神々が住んでいるとされた。〕を動かす気か？(29)」という台詞がある。次いで彼は永久に姿を消す。これは、シーザーの思い上がりを示す最も明白な証拠であり、それにふさわしい罰であったと考えられるかもしれない。しかし、実は、陰謀者たちが彼を神にしたのである。彼らはシーザーに、人間の犯す過ちと弱点を免れさせた。彼が築き上げた地位はあまりにも際立っており、たとえシーザーであっても、一人の人間で占めることはできないものだった。だが、シーザーの精神は、いったん肉体から解放されると、広い世界に及んでいった。陰謀者たちはシーザーに、自らが王と呼ばれることを妨げない、という最終的な過ちを犯させず、反対に、王たちが「シーザー」と呼ばれる栄誉に浴することを可能にしたのである〔歴代のローマ皇帝は「シーザー」(Caesar、当時の読み方では「カエサル」)と呼ばれた。ドイツ皇帝(Kaiser《カイゼル》)、ロシア皇帝(Czar《ツァーリ》)の呼称も、これを語源としている。〕。

シーザーという名前は、最も壮大な君主制と同義となった。生身の彼では、満足にこの役割を果たすことはできなかっただろう。しかし、彼が殉死したという思い出と彼が注意深くつくり上げた組織とが相まって、ほとんど不滅と言ってよい帝国を作り上げたのである。もしも共和主義を信奉する陰謀者たちが彼を殺さなかったとしたら、王冠を持ち出すことに対する民衆の当初の反応から明らかなように〔1幕2場〕、彼はおおかたのローマ人の憎しみをかっていたかもしれない。陰謀が、シーザーをシーザー自身の手から救ったのである。遺骸から短剣が引き抜かれた瞬間から、シーザーの精神は生き返って、劇のその後の筋の運びを左右する。[30]

シーザーは生きるために、次々と名誉を求めた。普遍的な帝国は、彼の野心を実現するものだったのである。神に擬せられなければ彼の渇きは癒されないのだが、彼は実際に、それをなし遂げた。すなわち、不朽の名声と崇拝とをかち得たのである[31]。しかし、人間として、彼は当時の最良の人々から自発的で偽りのない称賛を得たいと思っていたのだが、これは実現しなかった。人間としては、彼は失敗者だった。それまで周到に機嫌を取り結んできたローマの元老院議員たち──とりわけ、全元老院議員中で最も徳の高いブルータス──が自分を襲撃するのを目にしたとき、彼の悲劇は頂点に達する。シーザーであっても、如何にして悲劇的でない、つまり基本的な矛盾をはらまない高潔な政治生活を送るか、という問題を解決することはできない。だが、政治的人間で、彼に匹敵するような者は誰もいないのである。

シェイクスピアは、他ならぬこのような元老院議員たちの同盟を分析することによって、シーザーの、またローマの悲劇を説き明かしている。この同盟は、シーザーのとどまるところを知らない野心に終止符を打ち、人々が交互に支配し支配されていたローマ――同輩間は平等で法律が遵守されている、という自負が肝要で、人それぞれの行為が無限の可能性と高い意義を持っていたローマ――を復活させるために結成されたものであった。同盟は失敗したが、この失敗の原因は、一方でシーザーの働きが巧みだったこと、他方で陰謀者たちに不適切な点があったことにある。陰謀者たちの感情と理性が明らかにされ、我々は、陰謀を成功させるためには凄まじい才能が必要だったこと、また、陰謀は何が欠けていたために失敗したのかということに気づかされる。シェイクスピアは歴史の真の意義を引き出すために、歴史を遠方から眺め、何一つ偶然のせいにしない。劇中の人物とその誤ちがすべてであり、物質的な状況や運は、ほとんど意味がないほど最小限に扱われるにすぎない。

この陰謀には二人のリーダーがおり、この企みの実行に責任を負っている。シェイクスピアは彼らを中心に劇を展開させているが、二人の比重は、出典であるプルタークよりも遙かに大きい。彼らは全ローマの名において、とりわけ元老院議員階級の名において行動する。キャスカ〔『ジュリアス・シーザー』の登場人物。シーザー暗殺の陰謀者。〕は、この階級に典型的な、品位があり無骨で自立心のある人間のモデルとして描かれている。陰謀に加担するのはキャスカ型《タイプ》の者たちだが、采配を振るのはブルータスとキャシアスである。この二人の組み合わせはいっぷう変わっている。互いにひどく異質であり、その能力は、補完し合うものの、二人の決定的な対立のもととともなっている。ブルータスとキャシアスが手を組むのには必然性がある。というのは、どちらか一方がいなければ、そもそも陰謀が始まることなど思いもよらなったからである。しかしながら、彼らの違いは大きすぎ、心を一つにして協力することができない。それぞれが信ずる原則からは、互いに異なった方針が生まれるのである。成功するためには意志が完全に一致していなければならなかったであろうが、それはほとんど不可能に思われる。なぜなら、彼らはそれほど正反対に生まれついているからである。ブルータスとキャシアス双方の資質を持つ一人の人間が、企みの先頭に立つべきであった。だが、そのような怪物をどのようにしたら生み出すことができただろうか。これが当然不可能であることは、一方が自称ストア派〔ゼノンを祖とするギリシア哲学の一派。自然に従うことを理想とし、快楽と欲望をおさえる厳しい道徳を説いた。〕で、他方が自称エピクロス派〔エピクロスを祖とするギリシア哲学の一派。快楽を最高善とし、快楽とは魂を苦痛から解放するところにあるとして、隠棲を勧めた。〕、すなわち哲学の学派の正反対の二極であることから明らかである。一人の人間が、ストア派でもありエピクロス派でもあることが可能だろうか。

　ブルータスもキャシアスも、まったく共和主義的な欲求を抱いていたが、当時の図式に従えば、一方は暴政を憎み、他方は暴君を憎んでいた点に違いがある[32]。ブルータスは、正統性、すなわち伝統的なローマの秩序を大切に思っていた。キャシアスは、主君を受け入れなければならないのが我慢ならなかった。どちらの態度も、共和主義的な性格に含まれる要素を反映している。一方はその原則を表し、他方はその情念を表しているのだが、共和政体を維持するためには、両者を結び合わさなければならない。ブルータスの方が、公のために思い、麗しい気持ちから陰謀に加わったように思われる。キャシアスは明らかに私的な怨恨を晴らそうとしているものの、私情の受けとめ方は強く率直である。ブルータスもキャシアスも高潔なローマ人、共和制ローマを政治史上、栄光あるものにした人々なのである。

キャシアスは、企みの推進役である。アイディアを出し、すべてのお膳立てをする。陰謀は卑劣なものである。秘密を厳守し内密にことを運ぶことが必要である。そのようなものであるから、陰謀は紳士にはあまり向いていない。紳士は、隠しごとをしたり闇に葬りたいような恥辱を感じたりすることに慣れていないのだから。キャシアスは、こんなことは意に介しない。(33) シーザーは暴君である。暴君はすべてのものごとについて、合法か非合法かを不法に決定しているが、それを匡す合法的な手段はない。したがって、シーザーは殺さなければならない。目的を定めると手段が決まり、キャシアスは、やましさを感じることなく、冷徹に目標に向かって行く。キャシアスには、紳士が殺人を犯すのは正しいということを証明するために、辛い自問自答をする必要はない。彼は同志よりもずっと残忍であり、同志は、キャシアスに巧みに不健全な考えに誘われたばかりに同志になったにすぎないのである。友達づきあいしている者を欺くのも、紳士のすることではない。しかし、キャシアスは、ブルータスを暗殺に加わらせたいので、ブルータスの野心、徳が高いという評判を得ることを何よりの目的としているほど高潔な野心に訴えるようなイメージを与えることに、なんの良心の呵責も感じない。(34) 有能で勇敢なキャシアスが、なぜ純粋なブルータスと手を組みたいと思うのだろうか。キャシアスにはブルータスが必要だからである。というのは、ブルータスには徳が高いという名声があり、その名声に惹かれて他の立派な男たちが陰謀に加わるだろうし、また、暗殺の後で、その行為を立派で正当なものだと民衆に思わせることができるのは、ブルータスだけだからである。[35] 政治的な成功を収めるには、徳が必要である。徳は武器である。名誉を重んじる正義の士であるという評判は、一日にして得られるものではない。キャシアスは才気のある政治家かもしれないが、他ならぬその才気のために、徳が高いという評判を得られなくなっている。この陰謀には、シーザーに匹敵する分別はもちろん、シーザーに比肩しうる名声が必要である。キャシアスは、世論対策上、ブルータスを必要としているのである。

ブルータスは美徳を愛する人間、なすべき正しいことは何かを自問することしかしない人間である。彼はキャシアスとは違って、正しい振舞いをすれば自分にどんな得があるのか、と計算したりはしない。彼は愛すべき人間ではない。冷淡に見える。しかし、彼は、信用が大切である場合に人が頼りにする人間である。彼は人に多くを要求するが、自らに対してもそうである。きわめて厳格な正義の規範を適用し、友情や憐れみを理由に、その規範を緩めることはしない。ブルータスは真の意味でストア派である。このような理由で、彼ほど公正でない人間たちは、自分たちの計略を隠蔽したり利己的な動機を立派に見せかけたりする隠れ蓑として、彼を利用しようという気持ちになる。政治的な事柄において、名声は非常に重要だからである。シーザーはブルータスの友情を高く評価した。そして、キャシアスはブルータスを誘い込もうとするのである。

徳の高い人間であるうえに、ブルータスはすぐれて政治的動物でもある。彼はキャシアスに劣らず政治的である。キャシアスにとっては、ローマ市民としての諸権利を行使することが、無上の幸福であり、喜びであるのだが。ブルータスは、徳の高い行いとは、賢くて謹直な顧問官や裁判官の行いのことである、と考えている。キャシアスが、自分が信奉する哲学の見地から、享楽的満足を求める人生を選び、政治的名誉に背を向けてもよかったのとちょうど同じように、ブルータスも、自分が信奉する哲学の見地から、政治生活の束の間の動向とは無縁に自然を研究する、孤独な哲人の人生を選んでもよかったのである。しかし、ブルータスにとって、徳とは、善良な市民の生活において具体化されるものであるので、彼は哲人にはならなかった。彼は名誉を軽蔑する。また、シーザーやキャシアスの心を動かすものに無頓着であるように見うけられる。しかしながら、ブルータスが政治家や司令官の役割を果たしていない姿を想像することは難しい。そのような活動を行う機会がなければ、ブルータスは有徳になれず、したがって幸福にもなれないだろう。ブルータスが、政治的実践に向かない思索的な人間だと言うのは、間違いである。疑いもなく、彼の抱く道徳観のために、ブルータスが極限状況で分別を持って行動するのは困難になっているが、そうだからといって、彼の道徳観は基本的に政治的ではない、あるいは、ブルータスは国家や国家による法の施行とは別の世界でも生きていける、というわけではない。明らかに彼は、ひたすら政治に専念する人生において、立派にやってきた。彼が読書するということは、哲学的なところがあるという証明にはならない。それは、彼がいささか学問好きであることを示すにすぎないだろう。彼の血管には、劇中の他の登場人物と同様に、政治に対する情熱が流れているのである。

ブルータスは、陰謀に立派な態度と平静さ、そして不屈さをもたらす。誰もこれに疑いを差しはさむことはできない。いったん決心すれば結果を恐れないので、彼は動揺しない。キャシアスは疑いや恐れを抱き、ときには無謀な行動をしがちである。[36]ブルータスにとって難しいのは、行動を起こす決心をすることだけだ。しかし、これが容易ではない。ストア派的な平静さから、彼は時代の悪弊を受け入れたい気持ちになる。彼は、誰よりも、シーザーに恩義がある。最後に、殺人は彼の原則に反する。ブルータスがこの問題を思いめぐらすのを見ると、彼独特の推論の仕方が窺われ、最終的に彼をあのような失敗に終わる事件の共犯者としてしまう道徳的な姿勢に、どんな難点があったのかを見抜くことができる。彼は、どうすれば社会に対してシーザー殺しを正当化できるか、どうすれば道徳的な「色彩」を与えられるか、という見地から判断を下す。[37]ブルータスは、この行為は、社会が徳をどう捉えているかという見地から正当化できる、という理由で、行動を起こす決意を固める。キャシアスにとっては、別の人間に仕えるのは嫌だ、というので十分である。ストア派のブルータスなら、利己的な情念が下す判断など決して受け入れられないだろう。むしろ、そのような情念を変えるべきなのだ。役に立つのは理由だけである。だが、十分な理由とはなんだろう。それは、社会全体を納得させることができる理由のことであるように思われる。ブルータスは、自己愛から行動しようとはしない。彼は、自分の心の動きと反対の行動をすることに、誇りを持っているのである。だが、彼は、民衆が何を品位あると考えるかに従って行動しようとする。良い評判を得たいからではなく、それ以外には、何が品位あるものかを教えてくれるものがないからである。

　ブルータスの立場の特徴は、次のように述べることができる。彼は、徳が高いことが幸福なのだと信じている、と。徳に関わる法に間違いなく従うならば、外面的な所有物のうち、どれを持っているかは問題ではない。だが、徳とはなんだろう。この問いに対して、彼はこう返答することしかできない。徳と考えられているもの、と。彼は、有徳な生活と言えばローマの元老院議員の生活しか想像できないほど、全くの政治的人間である。だが、そうであれば、徳は実は、完全に私的な所有物というわけではないことになる。人は国家に属さなければならないのである。ディオゲネス〔Diogenes, 前400頃－前325頃, ギリシアの哲学者。いっさいの物質的虚飾を排し、最小限の生活必需品だけで生きる自然状態こそ、人間にとって最高の幸福だ、とした。弟子のクラテスは、ストア学派の先駆け。〕を最高の手本の一人と考える最も正統的なストア派の人々とは異なり、ブルータスにとって、徳とは、人目につかない、私的なものではない。知ってのとおり、ブルータスは、実際には、幸福であるためには徳のほかにも条件が必要であることを認めている。彼は、徳を実践する場である国家を持たなければならない、別の言い方をすれば、なにか政治的な名誉を持たなければならない、と信じている。国家はその道徳原理を法律から引き出すが、法律とその精神こそブルータスが真に耳を傾けるものである。しかし、彼には決して思い及ばないように思われるのは、法律は時折その存続のために、禁じられた違法な行動を必要とする、ということである。シーザーとキャシアスは、このことを十分承知している。不正が、正義や幸福の条件であることもあるのだ。ブルータスがなぜこのような可能性を考慮に入れないかは、火を見るよりも明らかである。もし永続的な正義の原則がないなら、もし徳に、徳にもとる補完物が必要であるなら、もし善良な人間であることと幸福な人間であることに、少なくとも潜在的に相違があるのなら、どのようにして片方を選択するのだろうか。ブルータスが卑劣な思惑に対して平静な態度で優位に立ち、幸福の条件について不安を抱いていないのは、道徳が絶対的なものであると確信しているからである。

　もちろん、シーザーの殺害は、ブルータスの原則の絶対性を大いに損なうものなので、ブルータスが殺害に手を染める気持ちになるには、まず自分自身と戦わなければならない。彼が、自分のしたことをそもそも実際に十分自覚しているかどうかは、疑わしい。実は、彼は、この行為をありのままの姿とは違うものに変えようとするのである。彼は、この行為を、道徳の源泉である神々に捧げる犠牲であると解釈する[38]。たとえ異常で不道徳な行為であることに気づいたとしても、進んで明白な結論を引き出そうとはしない。その結論とは、いったんこのような行為を行ってしまったなら、それが効力を持つのに必要なこと、すべてを行わなければならない、ということである。既に規範の埒外にいるのだから、従来の規範は通用しないのだ。だが、こう結論づける代わりに、ブルータスは、即座に自分の厳格な原則に立ち戻って、結果を台無しにしてしまう。たとえシーザーが、彼の権力に伴う結果を恐れて殺されたのだとしても。シーザーはローマ人を堕落させて地位をかち得たが、ブルータスは、ローマ人は当然道徳的に振舞うものと決めてかかる。ブルータスがいくつか過ちを犯すのは、道徳上の羅針盤を持たずに、荒れ狂う政治の海に乗り出すことを喜ばないからである。これらの過ちは、すべてキャシアスの反対を押し切ってなされる。シェイクスピアはそれぞれの誤ちについて、この二人の男をほとんど幾何学的な正確さで対比させており、企みが失敗する直接の原因は、ブルータスの原則がキャシアスの分別に勝利を収めるところにあると言える。

ブルータスは、シセロー〔キケロー。『ジュリアス・シーザー』の登場人物。元老院議員。〕を企みに加えることを拒む。アントニーを殺すことを拒む。アントニーにシーザーの葬儀で演説することを許可するように、と主張する。ぐずぐずするよりも、むしろ、直ちに戦うことを選ぶ[39]。キャシアスは、それぞれの問題について別の選択をすることを望んだ。そのうち二つの事例では、キャシアスは反対の方針を首唱していたのだが、ブルータスにくつがえされる。二つの例では、キャシアスに同意しない理由として、世論が持ち出される。三番目の例では、富と富が人間の方針に及ぼす影響とが、理由にあげられる[40]。そして、四番目の例では、ブルータスは、シセローには虚栄心があるので、人に従うことなどできない、と主張する。ブルータスはリーダーとして認められているので、その地位に挑戦されたくない、ということである。ブルータスの決定には、それぞれもっともらしい道徳的な根拠を挙げることができるが、一つ一つの決定は、彼の性格のそれだけいっそう両義的な側面、すなわち道徳にかなっているという自信と社会に迎えられたいという衝動とに関わっていると言える。彼は、キャシアスにはわずかしか注意を払わない。キャシアスがブルータスの資質に気づいているほどには、ブルータスはキャシアスの資質に気づいていない。キャシアスは常に、ほとんど議論もせずにブルータスの意見に従う。あれほど自分の知的明晰さを自覚している彼が、なぜこういう振舞いをするのか、不思議に思われるかもしれない。その答えは、ブルータスの方が道徳的に優っている、ということである。キャシアスには、公然たる争いで優位を占める見込みはない。疑いもなく、他の者たちはブルータスに従うであろうから。彼らは、彼を信頼しているのである。より重要なのは、キャシアスは原則を持たないために、ある程度意志が弱くなるということである。自分には徳がある、と確信することによって、力が生まれるものである。ブルータスは自分が一人でやっていけると信じているが、一方キャシアスは、自分が人に頼らざるをえないことを実によく知っている。道徳は現実の力であり、キャシアスはその力に脅かされているのである。

さて今度は、過ちそのものをもっと厳密に考察してみよう。マーク・アントニーを生かしておくのは、陰謀という点から見て甚だ愚かな行為だった、と言い切るのには、なんの証拠もいらない。あの破局を見れば十分である。マーク・アントニーはシーザーの教えの継承者であり、信用できないのは間違いなかった。同様に、葬送演説は、シーザーの権力の源泉である民衆を覚醒させる手段であった。ある意味で、ブルータスの穏やかさは一つの美点と考えられる。彼は、現世を渡っていくには善良すぎたのである。彼は、病いよりも害のある治療を行なわずに、悪を取り除きたいと考えた。キャシアスの方針に従えば、血なまぐさい粛清が行われたであろう。視点を変えて、問題になっている論点の重要性を考えるならば、ブルータスが弱腰だったのは不埒なことである。穏やかさは一種のわがままとも言える。ともかく、アントニーを救うことによって、ブルータスはシーザーを救ったのである。さらに、ブルータスがせっかちに戦いを始めようとするのは、明らかに間違っている。キャシアスの主張は正しい、というアッピアノス〔Appianus, ?～前165頃。アレクサンドリア生まれの歴史家。『ローマ史』二四巻を著わす。『内乱記』は、その十三―十七巻。〕の言明を待つまでもない。オクテーヴィアス自身、ブルータスの行動は、まさに自分たち一派の望むところである、と述べている(41)。

最後に、シセローの排除に関わる過ちを見つけ出すのは、これまでほど容易ではないが、シェイクスピアがこの偉大な雄弁家を持ち出したのは、彼が加われば決定的な強みになっただろう、と指摘するためであると思う。シセローは感情を隠す術《すべ》を知っている油断のならない人間であり、彼ならブルータスと同様、陰謀の体裁を整えるのに役立つだろう、ということだ。もっとも彼は、高潔さよりむしろ判断力のゆえに尊敬されているのだが。彼の短かい登場場面を見れば、彼の隠された内面がたいそうよくわかる。キャスカは、ローマ内部の不穏な状態を宇宙が後押ししているように思われる、凄まじい嵐の最中にシセローと出会う。キャスカは畏怖の念に打たれている。彼は道義をわきまえた人間であり、また迷信深い人間である。道徳の守護者である神々が前兆を示しているのだ。シセローは平静で動ぜず、このような嵐は人事にはなんの関わりもないと思う、とほのめかす。彼はいつもどおり道理をわきまえているが、信心深いキャスカは嵐の意味を曲解し、あれこれ憶測する。キャスカは次いでキャシアスに出会う。キャシアスも信仰心はないのだが、嵐のためにその不信心は狂気じみ、天に対して挑戦的な態度を取っている。彼は、これらの出来事を、シーザーに対する敵意を強めるのに利用する。シセローは、この場面において、信仰心を持ち怯えている者と信仰心を持たず熱にうかされたようになっている者に対し、中庸の立場にある。彼は亡霊を目にするような人間ではなく、また道徳を放棄してしまった人間でもない。ことによると、彼なら、ブルータスの道徳的な情熱とキャシアスの打算との折り合いをつけられたかもしれない。

シセローが企みに加わるのにふさわしい才能を持っていたとして、彼が加わっていたら結果はどうなっていただろうか。彼がリーダーだったかどうかに関わりなく、ローマ史上、並ぶ者のない雄弁家であるとあまねく認められている人物が、シーザーの葬儀に際して暗殺の理由を述べなかったとは、まず思われない。ブルータスの演説は失敗であり、誤解された。実在のキケロー（シセロー）がブルートゥス（ブルータス）の語り口を非としたことを我々は知っているし、シェイクスピアも知っていたはずである。シセローなら、これほどまでに的をはずしただろうか。そんなことはあるまい(42)。

ブルータスの過ちすべてに、一本の糸が貫いているのが見られる。それは、アントニーを亡き者にすることに彼が異議を唱えた点に、もっとも良く認められる。アントニーはシーザーの手足にすぎない。シーザーの精神を殺しさえすればよいのであり、そうすればその肉体も死ぬ。ブルータスは、シーザーの肉体には手を触れずにその精神を殺すことができれば、と願う。しかし、我々には、シーザーの精神は多分に肉体に宿っており、肉体と不可分であることがわかっている。確かに、彼の精神は、国家の肉体、すなわち民衆が大部分を占めるような部分で生きている、と言える。シーザーは、魂が政治的意義を持つためには、物質の形をとらなければならないことを、誰よりもよく知っていた。偉大な精神は、勇敢な軍勢と莫大な金銭を産みださなければならないのである。ある意味で、ブルータスにはこのことがわかっているのだが、自分の奉ずる主義に捉われて、そのことを忘れている。彼は、外面的な所有物は重要ではない、と思っている。重要なのは魂の力だけである。このような主義は有益で人を鼓舞するものだが、真実を言い当ててはいない。シーザーの精神は、彼の武器のうちで生き続けるのである。ブルータスは彼の思想体系から、最低のもの、つまり肉体の重要性を過小評価する。キャシアスは、時間をかければ、彼らに敵対する者たちは飢えに苦しむだろう、と説くが、無駄である。ブルータスにとっては、「人のなすことにはすべて潮時というものがある、うまくあげ潮に乗れば幸運の港に達しよう……」なのである。彼は、自分の精神と不屈さで、すべて首尾よく行く、と信じている。

ブルータスがシセローを陰謀に加えることを拒みアントニーに演説を許可したことからは、いっそう深い意味で、同じ偏見が見て取れる。レトリックは重要ではない。正直な人間は、真実を飾らずに口にするものである。レトリックを軽く見るということは、情念や情念が理性をゆがめることの意義を軽く見るということである。レトリックをよく知っている者は民衆をよく知っているのであり、民衆こそ国家の肉体なのである。唯物論者でありエピクロス派であるキャシアスは、このことをブルータスに指摘しようとするが無駄である。なるほどキャシアスは、すべては肉体であると考えており、そのためブルータスに見えるものを見逃している。だが彼は、賢明な人間にとってだけでなく国家にとっても、魂の徳さえあれば十分である、という揺るぎない確信を持ったストイックなブルータスよりも、政治の苛酷さをよく理解しているのである。

ここまでのところ、ブルータスの落度は、――もしそれを落度と呼んでよいのならばだが――、彼の美質すべてと密接に関係しているので、ある魅力を持っており、甘美だがいささか盲目的な美徳か、悪意のある分別か、どちらかを選ぶしかないような気持ちにさせかねない。この角度から見れば、ブルータスを弁護することもできるだろう。しかし、このような欠点は、キャシアスとのいさかいにおいて、いささか陰鬱な色合いを増してくる(43)。

この口論は、このドラマのなかで最も恐ろしく最も胸をうつ箇所である。ここで、ローマの自由の最後の希望であるこの二人が向き合うのだが、互いを、また自分たちの大義を愛しているにもかかわらず、理解し合えないことが明らかになる。両者の結束は常に破綻の危険を秘めており、一枚岩の団結であるはずのものに綻びが見える。それは最終的には繕われるけれども、不調和が言葉にされたことは忘れられはしない。二人の男は面と向って非難し合うが、どちらの非難も人柄にふさわしいものである。キャシアスは汚職をした、あるいは少なくとも汚職を見て見ぬふりをした、という罪を犯した。ブルータスは高潔すぎ、事情を顧慮せずに厳格すぎる判断を下したという、――もしこう言ってよければ――、罪を犯した。その上、ブルータスは、自分の徳をたのんで嵩《かさ》にかかる。彼は、キャシアスと違って、自分の公正さに自信を持っているので、考え直すことがない。ブルータスはその後の議論を優勢に進める、しかも容赦なく。彼は、自分が「潔白という堅固な鎧に身を固めている」と感じているので、キャシアスの侮辱的な言葉や非難を蔑むことができる。哀れなキャシアスは明らかに友人を深く気づかっており、自分のその気持ちに報いて欲しいと思っている。何よりも、彼は、最終的な仲違いを避けたいと思っている。ブルータスは意に介しない、自分が正しくさえあれば。キャシアスは、この岩のように堅固な男に繰り返しぶつかってゆくが、彼の抱く苦々しい無力感には胸を打つものがある。

劇中、この時点まで、ブルータスは、隠れた欠点はあるものの、はっきりと優位に立っており、キャシアスは、いくつかの点でイアーゴーに匹敵するとさえ言える、かなり卑劣な人物に見えている。しかし、その役割が突然逆転し始める。ブルータスは、キャシアスが「手のひらをむずむずさせ」るのを酷評した後で、一転して、頼んだときに金を用立てなかった、と言って彼を非難する。ブルータス自身は善良で、哀れな百姓を搾取することができない。だが、それでもその金は必要である。そこで、彼は、自分の入り用のためにキャシアスの悪徳を利用することをまったく厭わない。彼は、自分自身が置かれた状況の持つ意味を直視しようとせず、偽善というひどく醜い形をとらざるをえない。ブルータスは、自分が純粋でいるために必要な不道徳な行為を他人がするに委せることによって、純粋さを保っている。だから彼は、不道徳だといってキャシアスを攻撃できるのである。戦争には金が要る。そして、戦争を始めたなら、戦争を遂行するための金を用意するべく行動する責任がある。自分自身でするかどうかにかかわらず。金は物質的なもの、すなわち肉体の必要を満たすもののしるしである。またもやブルータスは、肉体の存在を認めようとしない。しかしここでは、このような人間が弄せざるをえない詭弁、すなわち虚偽が、内々明かされている。彼は実は、自分の美徳だけをよりどころにして生きているのではない。あたかもそうであるかのように振舞っているにすぎない。

　さらに二つの出来事によって、ブルータスに向けられてきた、やや悪意のある見方が強められる。いさかいが終わったとき、一人の詩人が闖《ちん》入して二人の邪魔をする。彼は自分の詩で二人を仲直りさせようとする。キャシアスは面白がるが、ブルータスは腹を立てる。「いまは戦争だ、こんなへボ詩人になんの用がある?」　現実の生活は、詩に歌うには深刻すぎる。ブルータスは、へたな詩を書いたからといって詩人のシナ〔『ジュリアス・シーザー』の登場人物。〕を殺した人々と、同じ好みの持ち主なのである。この詩人は犬儒学派〔（キュニコス学派）。古代ギリシア哲学の一学派。社会規範を蔑視し、自然に与えられたものだけで満足して生きる「犬のような（kynikos）」人生を理想とした。〕であるが、犬儒学派は最も政治的でない人々であった。彼らは、国家が滅亡しても自分たちの幸福を妨げられまいとした。詩は、政治的なものからある程度距離を置いた、人間生活の一領域である。それはむしろ、単に政治的な意味しか持たないものすべてを軽蔑する、あの尊大な喜びに近い。ブルータスは、融通のきかない強い道義心から詩に敵意を抱いているが、これは、彼がレトリックに無関心なことと関連している。もしキャシアスに音楽が聞こえないのなら、ブルータスには詩が聞こえないのである。(44)

この短い場面は、ブルータスについて、この上なく意義深い意外な事実が明らかになる前触れにすぎない。ブルータスとキャシアスが和解したとき、ブルータスは自分が「悲しみにむしばまれている」と認め、それに対してキャシアスはこう応ずる。「きみの哲学はどうした、なんの役にも立たないのか、／ちょっとしたことにいちいち悲しんでいるようでは。」　キャシアスは、理論的な議論のつもりでこう言うのではない。ブルータスにストア派であって欲しいのである。彼には、ストイックなブルータスが必要なのだ。彼は、ブルータスのストア主義が本物であって欲しい、と願っている。このコメントには、ブルータスの奉ずる原則に対する敬意が、わずかに込められているのである。ブルータスは、エピクロス派の目から見て、単に道理を知らない愚かな人間というわけではない。キャシアスは友人を自分と同じ主義に転向させようとはせず、自己の信念に沿って生きるように、強く迫っているのである。キャシアスは、自分の信念を価値の低いものと感じ、ストア派の力を高く評価しているのではないか、つまり、自分はストア派になれるほど善良ではないと感じるので、エピクロス派になっているのではないか、と思われる。

ともかく、自分を守るために、ブルータスはポーシャ〔『ジュリアス・シーザー』の登場人物。ブルータスの妻。〕が死んだことを打ち明ける。これは本当に恐ろしい損失である。彼らがどんなに素晴らしい夫婦であったかは、我々も目にしてきた。ブルータスが雄々しく耐えているのを、誰も否定できない。だが、厳格なストア派の原則によれば、妻を失うことは不幸といっても付随的なものにすぎず、あまりにも激しく心を痛めるのは堕落のしるしである。もし人が、愛する者たちの死によって不幸になることがあるとしたら、彼は、自分がどうすることもできないものごとに左右されていることになる。それでは、徳は、それ自体で完全なものとは言えない。我々は、ブルータスには、なみなみならぬ自制心があることを知っている。だが、自制心には二面性がある。善を悪で抑制する働きもするのである。彼は、外面的なものは重要ではない、という原則を奉じている。だが実際には、――ポーシャに関わる場面その他で見てきたように――、外面的なものは重要なのであり、ブルータスは単に感情を抑えているにすぎない。それも大きな犠牲を払って。彼の研究と思索の集大成であり、彼の名声のもととなっている思想のなかには、今、彼が味わっている感情を説明できるものは何もない。

その直後、ティティニアスとメサーラ〔ともに『ジュリアス・シーザー』の登場人物。ブルータスとキャシアスの友人。〕がテントに入って来る。メサーラは、ブルータスがポーシャのことを耳にしているかどうか訊ねる。ブルータスは否と言い、何も知らないふりをして、メサーラにその恐ろしい知らせをもう一度伝えさせる。そして、それに答えて教訓的な戒めの言葉を口にし、それから他の用件に取りかかる。キャシアスは、ブルータスがこんなふうに人を欺くのを助け、ブルータスの見かけの力が生み出す印象を強めるのに力を貸す。それは、キャシアスが、ブルータスをサーカスの芸人のように見せ物にしているかのようだ、と言ってもよいほどである。ことによると、ブルータスは、自分のリーダーシップを維持するためにはこうしなければならないのだと言って、自分を正当化できるのかもしれない。リーダーシップをとるには、ある程度の策略と神話が必要なのだから。しかし、それにもかかわらず、ブルータスが、実際には持っていない卓越したものを持っているかのような印象を与える手段として、ポーシャの死をこんなふうに利用することには、何か醜いものがある。ここには、ブルータスのストア主義が要約されている。それは大体において、彼が他人や自分自身を欺くために用いる、表向きの表現なのである。それは、内心では疑いを抱いているものの、陰謀のリーダーとして公の舞台に足を踏み出すやいなや確信の固まりとなる、あのブルータスに対応している。独白においてはシーザーを殺す当面の理由を見つけることができなかった、その同じ人物が、同志たちに語りかけるときには、「この時代の悪弊」を確信し嫌悪して、ものを言うことができるのである[45]。

シェイクスピアは以上のことすべてを、ブルータスとキャシアスとの間で交わされる敗北と自殺についての議論のなかで、はっきりと示している。ブルータスは、敗北しても自分の哲学は変わらない、と主張する。彼は、シーザーに屈服するよりも自ら命を断つことを選んだと言ってケートー〔小カトー、Marcus Parcius Cato, 前95－46. 古代ローマの政治家。〕を非難したのと全く同様に、運命の打撃を受けないうちに屈することが許せない。いつもと同様に、生き続ける勇気を持つつもりである。しかし、キャシアスが、勝ち誇った敵にローマに連行される姿を思い起させると、彼はたちまち、むしろ自殺を選ぶと言い放つ。こうなると、ブルータスは、他の高潔なローマの元老院議員の誰とも異ならない。国家の目から見て名誉か不名誉かということが、善悪の観念の本質を成しているのである。この場合、ブルータスには、自分の美徳によっては名誉はかち得られないことがわかっている。これは極端な場合ではあるが、原則というものは、極限状態においてはじめて真価が明らかになるものなのである。(46)

ブルータスは彼のストア主義のおかげで、世間の目にも、また自分自身の目にも、道徳的に優っているように映る。それは行動するうえでの自信を生み、行いを概ね廉潔にさせる。だが、ストア主義が設定する基準は高く、人間が到達することは不可能である。情念というものをもっとまともに受けとめれば、ストア主義の信奉者たちは、ことによるともっと弱気になるかもしれないが、もっと人情にも厚くなるだろう。ものごとをありのままに眺めて初めて、彼らには本当の意味での成功が約束されるのである。(47) 市民社会には世間で認められる美徳の手本が必要であり、徳のある人間はたとえ失敗しても称賛を受ける資格がある。だが、ある美徳の価値を認めることが、正義の大義を秘かに傷つけ、また名声に輝きを添えたり、ひとりよがりに責任逃れをするのを許したりするほかに、なんの効果も及ぼさない場合、その美徳には無条件に称賛するほどの価値はない。ブルータスは、彼の哲学の帰結として、自分を過大評価している。この哲学のおかげで彼は同僚を凌ぐ威信を得ているが、一方、彼の優しい性質は、彼の私生活を知る人々の心を打つ。だが、彼自身の性質を構成するこの二つの部分は調和していない。彼が自分自身を本当に知ることは決してない。そして、彼の持つ最上の資質の多くは彼の信念に反するものである。真の道徳なら、どうして彼がポーシャやルーシャス〔『ジュリアス・シーザー』の登場人物。ブルータスの召使い。〕、そしてローマを愛するのかも、考慮に入れなければならないだろう。

キャシアスにも、自分の哲学に対する信頼を失った形跡がある。だが彼は、それを率直に認める。第四幕および第五幕のキャシアスは、それより前に我々が目にした彼とは非常に異なっている。彼は迷信深くなっている。いまや彼は、この世には亡霊がおり摂理があると信じている(48)。人間の行動はすべて利己的なものだ、という原則を標榜していた男が、友人のなかで最も誠実で最も感傷的であることが明らかになる。彼は友情のために死さえ選ぶのである。本当に辛い気持ちで方針を変え、彼は友人の思い出のために死ぬのだが、その友人は実際には死んでおらず、キャシアスの死によって、同盟が勢いを盛りかえす可能性は全くなくなる。彼が過ちを犯すのは、視力が悪いせいである。シーザーは耳は遠かったが、目は良かった。キャシアスは目は悪いが、耳は良く聞こえた。シーザーは、耳にしたことよりも目にしたものを信用した。キャシアスは、別の人間が目にしたことについての報告を聞いて、それを信用した。このエピクロス派は、噂や感覚を軽く見ているのに、他人の感覚を信頼してすべてをだいなしにするのである(49)。このような人物は、決して本物のエピクロス派ではない。むしろ、自分の中に多々ある、ありふれた美点やありがちな政治的弱点と相反する教えに精進してきた人間である。キャシアスは、自分の良さが正当に評価されず、阻まれ、一蹴されてしまうような哲学を受け入れたために、自己を過小評価している人間の一例である。最終的な危機において、この恣意的な殻がこわれ、本当の彼が現れる。だが、遅すぎる。

劇のこの最後のいくつかの場面において、シーザーの容赦ない亡霊に迫られ、ブルータスとキャシアスの硬直した対立は解消し、彼らは純然たる人間性という点で互いに歩み寄る。悪と見えていたものが今はより良く見え、善と見えたものが今は以前よりいささか悪く見える。彼らは二人とも、善良ではあるが過ちを犯す人間である。シェイクスピアは、彼のメッセージの表面に現れた概ね間違いのない骨組みをわかりにくくしないように、以上のことすべてを非常に細かい心遣いをもって描く。ブルータスが象徴するものは、それでもなお、キャシアスが象徴するものより善であり、より称賛に値する。それにもかかわらずシェイクスピアは、なぜ企みが失敗せざるをえないかを聡明な観客に容赦なく示し、平凡な人間がシーザーのような人間の力に打ち勝とうとしても、力量不足であることを明らかにするのである。

シェイクスピア劇で、主役が哲学の原則を信奉していることが明らかなものは、他にはない。ブルータスとキャシアスの姿を通して、シェイクスピアは、哲学を政治的な事柄に直接適用するのは不可能であることを示している。人は、自分たちの世界を明晰に説き明かし、また自分たちだけでは描けなかった針路を海図に記すのを助けてくれる、智慧ある教師たちの教説に感銘を受ける。しかし、政治的な実践においては、それは結局、抽象的な概念でしかなく、肉体と魂の微妙な結びつきは軽視される結果となる。現実は、人がそれをどう考えるかに合わせて、形を変えて捉えられるのである。

ストア派もエピクロス派も、国家を通じて栄光を追い求める、政治的特質を持った人間の欲求を説明することはできない。政治的な人間が求めているのは智慧でも快楽でもなく、なにかその中間にあるものである。彼は国家に力を尽くすのだが、そこでは高次元のものと低次元のものが混ざり合っており、彼はそれに順応しなければならないのである。シーザーほど完璧な政治的人間はこれまでいなかったように思われる。彼は、ストア派の志の高さと、政治的な事柄の基礎は低い次元のものごとである、というエピクロス派の認識とを結び付けた。ブルータスとキャシアスには、そのような結びつきが理解できなかった。そのような結びつきに直面すると、ただただ確信を失った。団結していたおかげで、彼らはしばらくの間はシーザーに立ち向かって行くことができたが、最終的には互いに齟齬をきたしたのである。彼らはシーザーよりもずっと単純な人間であり、シーザーのいないローマ、哲学ではなく法律が案内役を勤めるローマでなら、良き市民だったであろう。真の哲学は、シーザーの心を掴めるほど柔軟でなければならないだろう。だがそれは、難しい課題である。シーザーは矛盾律をものともしないように思われるから。しかも、そのような哲学があったとしても、実践をこととする人々には何の役にも立たないだろう。というのは、そのような哲学からは、何の規則も導き出せないからである。シェイクスピアは、ストア主義とエピクロス主義、——理想主義と現実主義と呼んでもよいが——を、政治との関連でどのように考えているかについて、最終的な意見を述べる。政治社会の目的は利己的なものではないが、高潔なものでもない。どちらの主義も役に立たないだろう。両者はある意味で真実を言い当てているが、それぞれそれなりに致命的欠陥を持っているのである。

　ブルータスとキャシアスは、きわめて重要な役割を果たした。ブルータスが気づいたように、彼らは失敗によって、オクテーヴィアスとアントニーが成功によって獲得したよりも輝かしい栄光をかち得たのである。というのは、彼らは現在、暴政に対する自由の、永遠のシンボルとなっているからである。彼らは、人間は時代の精神に屈する必要はない、ということを示した。彼らは、自由な政体の精神を再び確立しようとする、後世の、後に続く人々のためのモデルとなった。彼らの一見実りのない振舞いは、ローマではなく人類を救ったのである。異国に住み異国の言葉を話す人々が、人間の本性を尊重し誇り高い自立を促す政体を樹立しようとする際には、霊感を得ようとして、ローマを、また独裁制《カエサリズム》に対してローマの自由を擁護した人々を頼りにしてきた[50]。アングロ・サクソン世界の師であるシェイクスピアは、なんとも優れた人間であった。彼は、時代はブルータスとキャシアスに味方していないが、彼らの主張は正しいことを見て取っていた。新しい時代が訪れ、新しい活力が生まれれば、古代ローマにおける最善のものが蘇るだろう。ブルータスとキャシアスは、どんな政治組織の下に生まれても誇りとされる、立派な人間であった。しかし、次の機会には、彼らを教え導く、ジュリアス・シーザーに比肩する精神を持つ必要があるだろう。

第四章 〔注〕

（1） Plutarch, *Julius Caesar*, trans. North (London: Nonesuch, 1930), Ⅲ. 453.（『プルターク英雄伝』（九）（河野與一訳）、岩波文庫、一九五六年、181ページ）。ギリシア人の間では、*daimon*（「神格」あるいは「守り神」の意）という言葉が、「守護神」にあたる。本論の、シーザーの「亡霊」（"spirit"）とは、このような意味である。

（2） Johann Peter Eckermann, *Conversations with Goethe*, January 31, 1827.〔「…シェークスピアの人物もまたシェークスピアの魂の何らかの意味での分身なのだ。…（中略）…シェークスピアは、さらに筆をすすめて、ローマ人をさえイギリス人に仕立ててしまっているが、これもまた正しいのだ。というのも、そうしなければ、国民は彼を理解しなかっただろうからね。」〕（エッカーマン『ゲーテとの対話㊤』（山下肇訳）、岩波文庫、一九六八年、294ページ）。

（3） 『アントニーとクレオパトラ』4幕3場16―26行、6場7―9行、1幕2場29―33行。『ジュリアス・シーザー』、『コリオレーナス』、『アントニーとクレオパトラ』のテキストは、すべてFurness variorum版（Philadelphia: Lippincott, 1913, 1928, 1907）〔第2章、訳注〔2〕参照。〕に拠る。

（4） 民衆全体が一人の人物のように演技するのは、ローマ劇だけである。シェイクスピアは、共和国の真髄をよく理解していた。彼は、このような体制においては、人々の集団の持つ性格が特に重要であると考えているようにみえる。国家の二つの部分を階層的に適切に秩序づけるという問題が未解決なのは、この国家の強みでもあり弱みでもあって、共和国が崩壊しなければ解消されない、絶えざる緊張のもととなっているように思われる。こういう描き方は、マキャヴェリの『ディスコルシ』（*Discourses*）1巻3―6章（『マキャヴェッリ全集2』所収、（永井三明訳）、筑摩書房、一九九九年）〔ティトゥス・リウィウス（Titus Livius, 前59－後17）の

『ローマ史』に基づく論考。共和主義への信念をもって論じ始められ、該当箇所では、貴族《パトリキ》と平民《プレブス》の闘争がプラスに評価されている。」と似ていなくもない。『コリオレーナス』1幕1場3─172行と『ジュリアス・シーザー』1幕1場とを、また『コリオレーナス』2幕3場1─187行と『ジュリアス・シーザー』3幕2─3場とを比較せよ。二つの時代の相違を最もはっきり示しているのは、ひょっとすると、圧制者コリオレーナスに対しては、寛大な見方をする者が平民のなかにいることかもしれない。

（5）Plutarch, *Comparison of Alcibiades with Coriolanus, op. cit.*, I, 427.（『プルターク英雄伝』（三）「アルキビアデースとコリオラーヌスとの比較」1（河野與一訳）、岩波文庫、一九五三年）。

（6）『ジュリアス・シーザー』における、護民官の率直な「この唐変木、石頭……」（1幕1場44行）という台詞と、アントニーの「諸君は木石ならぬ」（3幕2場152行）という追従とを比較せよ。1幕2場294─295行を「人間は財産の喪失よりも、父親の死の方をより速かに忘れるもの……」（マキャヴェリ『君主論』17章（佐々木毅『マキアヴェッリと『君主論』』、講談社学術文庫、一九九四年、265ページ））と比較せよ。

（7）1幕2場305─307行。

（8）1幕1場179─200行、2幕2場160─170行、3場41─143行。

（9）3幕1場238─248行。

（10）3幕1場84─201行。

（11）Plutarch, *Comparison*......, *op.cit.*, pp. 430 ─ 431（前掲『プルターク英雄伝』（三）「……比較」4─5）。2幕2場9─24行、参照。

（12）1幕1場255─258行。

（13）コリオレーナスはローマを追放する（3幕3場151─166行）。コリオレーナスはそれまで、合法性と伝統のしかるべき尊重とを説いているようにみえたけれども、実際は常に革命的な人間であった。ローマには常に平民階級が存在しており、この階級は長い間、一定の特権を有していた。例えば、コリオレーナスが大いに異を唱えている、執政官を選出する権利がまさにその一つである。現在見られる悪弊を持たないローマをつくろう、という情熱に導かれて、コリオレーナスは最も極端な方策を思いめぐらすにいたるのである（2幕3場117―129行）。

(14) 5幕4場22―24行。コリオレーナスは神のごとく振舞い、また神のごとくに遇されている。4幕6場から5幕3場198行まで。2幕1場296―304行では、彼は神々に比べられている。3幕1場103―104行、313―315行、4幕5場199―204行、6場115―120行、125―127行。

(15) 4幕7場58―59行。

(16) 5幕6場134―158行。メニーニアス〔『コリオレーナス』の登場人物。コリオレーナスの友人。〕は、コリオレーナスは人間から龍になった、と言う（5幕4場11―14行）。彼は、この変身を毛虫から蝶への変身にたとえるが、それは、これ以前に二回、蝶が話題になったことを思い出させる（1幕3場61―69行、4幕6場119行）。コリオレーナスと息子は蝶を追いかけ苦しめた。最終的には、この誇り高い追跡者は追跡される獣、単なる「金ぴかの蝶」になる。

(17) *Grandeur des Romains*, xi.（モンテスキュー「ローマ盛衰原因論」〔『モンテスキュー』、中央公論社、世界の名著34、一九八〇年〕、〔井上幸治訳〕、277ページ）。

(18) 劇の冒頭で祝われる勝利は、ローマ貴族を破ってかち得られたものであったことを忘れてはならない。このような征服に勝利を宣するのは、前例がなかった（1幕1場37―64行）。

(19) シーザーは暴君ではなかった、と主張することはできない。だからといって、彼が必然的に悪人だったというのではない。暴政とは、正統性なく獲得された、正統性のない権力の行使である。そのような人間は、法を愛する善良な市民すべてに必然的に憎まれるはずである。シーザーはたしかにそのような権力を行使したし（3幕1場39―40行）、彼が王冠とそれを戴くべき息子を得たいと願うのは、新しい正統性の確立を企てるものである。シーザーに対する襲撃を王に対する襲撃になぞらえることはできない。彼は正統性という神聖な後光に取り巻かれてはいないのである。問われるのは、その行動にどのような効力があるか、ということだけである。

（20）　3幕1場286―287行。
（21）　1幕2場158―171行、2幕1場22―23行、3幕2場20―25行、4幕3場19―20行、115―117行。
（22）　2幕2場124―140行。
（23）　1幕2場211―234行、30―31行、3幕1場13行。
（24）　多くの批評家がシーザー批判の種にしている迷信の例が二つあるが、この点が実際に彼の弱点だった、という証明になるようなものではない。ルペルクス祭の走者が触れると〔6〕、キャルパーニア〔『ジュリアス・シーザー』の登場人物。シーザーの妻。〕が子を生めるようになる、という信仰は伝統的なものにすぎず、シーザーは時宜にかなってこれを口にしているのである（1幕2場4―14行）。当時の不吉な前兆についてのキャルパーニアとのやりとりは、このような前兆には意味がある、と彼が本当に信じているしるしにはならない。供物に心臓がないと聞いて、彼は自分流の前兆解釈をしてみせる。それは、彼の所期の行動方針を裏づけるものにすぎない。シーザーは常に、信心を自分の目的と調和させる術《すべ》を心得ていた（2幕2場3―101行）。彼は妻に従いはするが、これには他に理由がある。だから、彼は、心臓のない供物についての自分の解釈に似かよっている、妻の夢の解釈を受け入れるのである。たとえシーザーが実際にわずかでも迷信を信じているとしても、それはひょっとすると、偉大な政治的人間の本質の一部なのかもしれない。政治生活は、偶然、つまり理性が決して意のままにしたり予測したりできない事情に大いに左右されるので、政治家が自分を鼓舞してくれる導きの霊のようなものの存在を信じざるをえないとしても、無理はないのである。運命を信ずることは、政治的性格と完全に折り合い、合理的な政策と決して矛盾しないように思われる。

シーザーの体が弱いことはキャシアスがほのめかしており、劇中でも一つの例が見られ、又、別の例が信頼できる報告として挙げられているが、それはシーザーが精神的に優っていることをいっそう印象づけ、また、より謎めいたものにするのに役立っているにすぎない（1幕2場105―146行、268―275行、232―233行）。キャシアスはエピクロス派であるが、人間には肉体しか存在しない、と信ずる点で過ちを犯している。

(25) 2幕2場38―65行、94―118行、3幕1場44―83行。

(26)「カエサルに対する極めて明白な憎悪を駆り立てこれに死を齎らしたものは王位に対する熱望であって、多くの人々にはこれが何よりも非難の種となり、前々から怨んでいた人々には最も立派な口実となった。」Plutarch. *Julius Caesar. op.cit.*, pp. 445―446.（前掲『プルターク英雄伝』(九)「カエサル」60、169ページ）。

(27)「シーザーの友人のなかには、健康が衰えているために、彼はこれ以上生き長らえることを願ってもいなければ、そうしたいと思って[7]もいないのではないか、という疑いを抱く者もあった……」(Suetonius, *Julius Caesar* 86)（スエトニウス『ローマ皇帝伝(上)』「第一巻カエサル」86（国原吉之助訳）、岩波文庫、一九八六年、90ページ)。

M・W・マッカラム（MacCallum）は、この劇を並外れて感受性豊かに解釈し、劇中のシーザーを次のように評している。「このように神になぞらえられると、いささか非現実的・欺瞞的にならざるをえないために、彼は、それまで持っていた確かなビジョンと行為するうえでの能率のよさを失ってしまった。自分以上の者になろうとするが、かえって以前に劣る結果となってその報いを受け、ひいては、少しでも低俗な抜け目なさがあれば避けられたはずの破滅に突き進んで行くのである。だが、彼の過ちは、他ならぬ彼の偉大さを解明する手がかりであり、彼は最後まで偉大である……」（*Shakespeare's Roman Plays* [London: Macmillan, 1919], p. 231）〔最初の本格的なローマ史劇研究。主な批評的研究法は性格論。〕。

(28)　2幕2場82―83行。

(29)　3幕1場85行。

(30)　キャシアスは、シーザーは既に神となっており（1幕2場130―131行）、シーザーを殺せば神を殺すことになる、と考える。しかし、死すべき人間は決して神ではなく、神を殺すことはできない。この劇を読んだり観たりした後、何か一つ印象が残るとすれば、それは、シーザーの亡霊が本当の主役だということである。ブルータスとキャシアスは容易ならないことを計画している有能な人物であるが、思いもよらない力を持つ暴力行為に身を委ねる。アントニーがシーザーの亡霊を解き放つ（3幕1場300―303行）。それは二度にわたってブルータスの前に姿を現し、陰謀の首謀者である二人は、シーザーの名前を口にしながら死ぬ。ブルータスが悲劇をこのうえなくはっきりと意識していることは、「ああ、ジュリアス・シーザー、おまえの力はいまだ強大さを誇っておる」（5幕3場106行）という台詞によって明らかである。

ディオ・カッシウス〔Dio Cassius, 163/4頃～?　歴史家・執政官。主著『歴史』では、ローマ建国から皇帝セウェルス・アレクサンデルの死までを扱う。重要な史料、特に同時代史料を多く含む。〕は、ブルートゥスが、ヘラクレス〔ゼウスの子で、怪力・剛勇で名高いギリシア最大の英雄。〕が語ったと言われる、以下の詩行を口ずさみながら死んだ、と伝えている。

「哀れな美徳よ、おまえは言葉のうえでしか存在しない、それなのに私はおまえを行動に移した。だが、おまえは運命の奴隷にすぎなかったのだ。」

Roman History XLⅧ 2

これはなんらブルートゥス自身の意識を表現したものではないが、おそらくブルートゥスのような人間なら、自らの主義を貫いた人生の悲劇的な最期に臨んで、このような言辞をもらすこともありえたろう。

(31) 「行年五十六歳であった。カエサルは神々の列に加えられた。そのように元老院が議決したばかりでなく、一般市民もそう信じたのである。」(Suetonius, *Julius Caesar* 88)(前掲『ローマ皇帝伝㊤』「第一巻カエサル」88、91ページ)。

(32) Plutarch, *Marcus Brutus, op. cit.*,Ⅳ, 441—442(前掲『プルターク英雄伝』(十一)「ブルートゥス」8)。

(33) 1幕3場138—142行。内密にことを運ぶことに対するブルータスの受けとめ方については、2幕1場89—97行、参照。

(34) 1幕2場57—193行、331—346行。

(35) 1幕3場171—182行。

(36) 3幕1場19—32行。

(37) 2幕1場13—37行。

(38) 2幕1場193行。

(39) 2幕1場159—173行、174—212行、3幕1場252—281行、4幕3場223—256行。

(40) プルタークは、ブルートゥスが、なんとかいずれかに決着をつけたいために戦おうとした、と述べている(*Brutus, op. cit.*, p. 466)(前掲、「ブルートゥス」39)。シェイクスピアは楽観主義だけを指摘しているように思われるが、この楽観主義は、シェイクスピアがブルータスの性格づけをする際の苦心から生まれている。どちらの場合にも、政治的人間が当然抱く、現世のものごとに対する愛着や興味が明らかに欠けているために、ブルータスは無分別になるのである。

(41) *Civil Wars*, IV. 108, 112, 122―123〔アッピアノスは、〝カッシウス（キャシアス）も、ブルートゥス（ブルータス）も、敵を兵糧攻めにしようとする点で一致していたのだが、厳格なカッシウスと異なり、温厚なブルートゥスは、戦いをはやる将兵を押さえきれなかった〟としている。（Loeb 叢書所収）〕：『ジュリアス・シーザー』５幕１場３―８行。

(42) シセローは、四回話題にのぼっている（１幕２場299―300行、１幕３場３―43行、２幕１場159―173行、４幕３場201―205行）。最後の箇所で、シセローが、三執政〔アントニウス、オクタウィアヌス、レピドゥスのこと。カエサル暗殺後、連携して元老院を制肘し、共和政体を空洞化させて、帝政への道を開いた。〕によって処刑された人々の一人であったことがわかる。アントニーは、ブルータスと同じ過ちは犯さない。シセローが、用心深いキャシアスにとって、とりわけ大切な存在であるようにみえることも心に留めるべきである。キャシアスが最初にシセローを話題にするのは、シーザーを王位に就けようとする企てに、シセローがどのように反応したか知りたいためである。彼は、陰謀に加わってくれるよう、シセローに頼もうと提案する。彼は、シセローの死に、心を動かされるように見える、唯一人の人間である。

私は、シェイクスピアの古典の学識を巡るやっかいな問題に立ち入るつもりはないが、『ジュリアス・シーザー』の中には、シェイクスピアが当時の危機の見方において、またことによるとストア派やエピクロス派についての見解においてさえ、キケロー（シセロー）の影響を受けていたと思わせる点が多々ある。キケローの書簡[8]や『ピリッピカ――アントーニウス弾劾』(*Philippics*) を精読すれば、ローマの危機全体をシェイクスピアが、どのように理解していたか、その一面が明らかになるだろう。生得権を奪われたこれら高貴な人々が抱く男らしく率直な絶望感が、あらゆるページからはっきりと読み取れる。シェイクスピアは最後には、問題全体をさらに大きな文脈の中に置くのだが、劇中の、反乱を起こすローマ人たちは、キケローの著作に見られる人々に大変よく似ている。キケローはキャシアスと同じ方針を支持しており、アントーニウス（アントニー）の命を助けることにも、彼に演説をさせることにも危惧の念を抱いていた。キケローは文体についてブルートゥスと見解を異にしており、彼について次のように述べた。「詩人にせよ弁論家にせよ、自分より優れた者がいると考えるような人はいない。」（*Letters to Atticus* XIV. 20. May 11. 44 B. C.）（『キケロー選集14』「アッティクス宛書簡集Ⅱ」（高橋英海、大芝芳弘訳）、岩波書店、二〇〇一年、448ページ）。哲学的には、キケローはストア派でもエピクロス派でもなく、それぞれの難点を指摘していた。ストア哲学には多くの点で敬服していたのであるが。これは、シェイクスピアの見解と一致しているように思われる。そしてシェイクスピアはシセローを、まさにそのような中道の人物として描いてみせる。彼が嵐の中に姿を現すことの哲学的意義は、どんなに高く評価してもしすぎることはない。天空の動きや乱れがどんな意味を持つかは古代ギリシア・ローマ哲学の中心テーマであり、この問題の処理は人事の諸問題に決着をつける上で大いに役立った。シェイクスピアはこのことを完璧に理解している。哲学を舞台上で披瀝することはできないが、ほのめかすことはできるのである。シセローのこの一瞬の印象と、彼の思想が現実の人間行動にもたらす結果とは中心テーマにはなりえないだろう。しかし、中心テーマには、その思想が正確に反映され、陰謀を企む者たちの弱点が指摘されている。

ブルートゥスのある演説について、カエサル（シーザー）〔原著では「カエサル」となっているが、キケローのアッティクス宛書簡、紀元前44年5月18日の記事の一部と全く同じ内容なので、「キケロー」の誤りと思われる。〕がアッティクス〔Titus Pomponius Atticus, 前110～32. キケローの親友で、最も頻繁な文通者。ローマの政治に影響力を持っていないわけではなかったが、政治生活の軋轢を避けるエピクロス主義を範として生活した。蓄財・商業活動によって巨大な富を築く。〕に書簡を書き送っている。〔この引用文は、次の文に引き続いて書かれたもの。「われらがブルートゥスは、カピトーリウムでの集会で行った自分の演説を私に送ってよこし、公刊する前に遠慮なく手直ししてほしいと言ってきた。」（前掲『キケロー選集14』459ページ。この演説には、「おそらく三月十五日のカエサル暗殺直後になされた演説」、と注記されている。）〕。

「だが、それは文章も言葉遣いもきわめて洗練された演説で、それ以上改善の余地はなかった。しかし、もし私があの時の立場を訴えるなら、もっと熱烈に書いただろう。語り手の主義主張（も）人物像も明白だ。だから手直しなどできなかった。われらがブルートゥスは、この演説の中で、彼がそうありたいと望む文体と弁論における最良の文体についての彼の判断とを、これ以上に洗練させようがないほど完全に実現させている。しかし、私が目指してきたのは別なものだ——それが正しいか否かはともかく。だが、君には、もしすでに読んだのでなければ、その演説を読んでもらいたい。そして、君自身の判断を知らせてほしいと思う。もっとも、君がその名前のせいで判断に際してアッティカ贔屓に陥りはしまいかと心配だが。でもデーモステネースの雷鳴を思い出せば、ごくアッティカ風にして、〈かつ〉きわめて荘重に語ることもできることがわかるだろう。」[9]

(*ibid*., XV. 1 a. May 18, 44 B.C.)（前掲『キケロー選集14』459ページ）。

これは、シェイクスピアの描くブルータスの葬送演説を批評しているように聞こえる。

アントニーの演説にある「公明正大の士」という表現は、キケローが、陰謀者たちについてのアントーニウスの言葉として、「ピリッピカ——アントーニウス弾劾——」第二演説（*Philippic* II. xii. 30—31）に記しているものから引かれているように思われる。この同じキケローの演説にある次の言葉は、シェイクスピアの描くシーザーの姿を、この上なくみごとに要約している。

「彼〔カエサル〕には、才能が、理性が、記憶が、教養が、熱意が、思考力が、勤勉さが、あった。彼は戦争で、たとえ国家に災厄をもたらすものではあっても、少なくとも、偉大な業績をあげた。王となることを長年もくろんで、おおいなる努力と、おおいなる危険を冒して、考えていたことを、成し遂げた。見世物で、建造物で、気前のよさで、宴会で、無知な大衆を魅了した。自分の郎党は報酬によって、敵対者には柔和な眼差しをかけることによって、己の意に従わせた。要するに、自由な社会に、脅したり、寛大さを示したりして、隷従の習いを持ち込んだのである。」(XLV 116)(『キケロー選集3』「ピリッピカ――アントーニウス弾劾――第二演説(根本英世、城江良和訳)、岩波書店、一九九九年、207ページ)。

(43) 4幕2―3場270行。

(44) 4幕3場140―155行、3幕3場、1幕2場223行。プルターク(*Brutus, op. cit.*, pp. 462―463)(前掲「ブルートゥス」34)がこの話を伝えているが、シェイクスピアは問題の人物を詩人ということにしている。シェイクスピアは148行を、ノース(North)訳からほんのわずかだけ変えて借用しているが、プルタークの原文(「いや、私の言う事をお聴きなさい。お二人とも私よりは若いのだ。」)はホメロスの『イリアス』第一歌259行からの引用である。それは、アガメムノン〔Agamemnon. ギリシア神話のミュケナイの王。トロイア遠征軍の総大将。〕とアキレウスを和解させようとする、ネストル〔Nestor, ギリシア神話のピュロスの王。トロイア遠征軍の老顧問。〕の発言から採られている。

この一節を巡る、本論とは正反対の解釈については、ニーチェ〔Friedrich Nietzsche, 1844－1900, ドイツの哲学者・文学者。生の哲学・実存主義の先駆者。〕の『悦ばしき知識』〔第二書98、〔シェイクスピアを讃えて〕〕(Nietzsche, *Fröhliche Wissenschaft*, 98 (Munich: Hanser Verlag), pp. 102―103)を参照のこと。ニーチェは、シェイクスピアはブルータスになんの咎も見出していないと考え、この一節は、詩に対する道徳の、シェイクスピアに対するブルータスの優位を示している、と主張する。私は、この一節は、それとは正反対のことを示す意図で書かれていると思うが、もしこの見方が正しいとすれば、シェイクスピアとニーチェとの相違は、シェイクスピアの作品から見てとれる、哲学的・詩的な見地から俗事を超越する立場と、近代の自縛的関与主義《コミットメント》との隔たりを、この上なくよく示していることになる。ニーチェは、ブルータスは誤つことなく自らの原則に従って行動するから、また、自らの独立のためには最良の友を殺すことも辞さないから自由なのだ、と考える。シェイクスピアは、ブルータスは自由の唯一の源泉──その存在をニーチェは認めないのだが──を知らないのだ、と説く。前掲、Chapter 2, pp.30─31参照。

(45)　４幕３場205─225行、２幕１場13─38行、132─134行。ブルータスは、召使たちも亡霊を見たかどうかを知ろうとして、同種の策略を用いる。４幕３場334─357行。ポーシャの死が二度告げられることについては、少なからず議論されてきたが、多くの編者はこれを、別人による改ざん、あるいはシェイクスピアが初期の草稿から見落としたミスであるとして、否定的に捉えている。それは、これがブルータスの性格について彼らが抱いている見方と矛盾するから、あるいは彼らはポーシャの死が二回告げられる必要を認めないから、としか考えられない。これでは十分な理由とは言えない。我々が最も抵抗を感じる一節が、ひょっとすると、これから学ぶ必要のあることを、何にもまして明らかにしてくれるのかもしれないのである。論争史については、Furness variorum, *op.cit.*, pp. 222─225および Warren D. Smith, "The Duplicate Revelation of Portia's Death," *Shakespeare Quarterly*, Ⅳ（1953）, 153─161を参照のこと。

(46)　５幕１場108─136行。ローマ劇における自殺は、ローマ独特の現象を描いたものである。そこでは、主人公は常に自らの運命を自らの手に握っており、従って自由であった。死を前にしてこのように恬淡としていることによって、彼らはともかくも隷属的生活を送らずにすんだ。ブルータスはいっそう高次な意味で自らを自由であると考えていたのだが、ここではローマ独特の思考様式に引き戻される。シーザーの領域に心を用いていながら、人生の大事はその領域での成功・失敗とは無関係である、と言うことはできない。ブルータスはなぜか常に、この二つの立場の間を揺れ動いている。ある時は政治に忠実に、ある時は自分の哲学に忠実に。結局、ブルータスもキャシアスも、落胆するのが早すぎ、自殺を急ぎすぎるのである。〔10〕

(47) ブルートゥスの道徳の問題を明快に叙述しているキケローのストア派的著作について、レッシングは次のような見解を述べている。

「正直のところ私は、キケロの哲学は一般にあまり好きではない。とりわけ、彼がその『トゥスクルム問答』第二巻のなかで、肉体的苦痛の忍耐について並べ立てている説はきらいである。まるで職業剣士を訓練しようとでもするかのように、やっきになって彼は苦痛を外にあらわすことに反対している。彼は、苦痛を外にあらわすのは、ただ忍耐の欠如にほかならないと見ているようであるが、苦痛のあらわれが全く自由意志によらない場合があるのに、真の勇気はただ自発的な行為においてのみあらわれうる、ということを忘れているのである。キケロは、ソフォクレス〔Sophokles, 前497/6－406/5. 古代ギリシアの三大悲劇詩人の一人。神の意志と人間精神の倫理的相剋を底流とすることによって、最も高貴な人間像を描いた。〕のフィロクテテス〔『フィロクテテス』(『ピロクテテス』)の登場人物。強弓の持ち主だったが、トロイア遠征途上、無人島に置き去りにされる。〕が嘆いたり泣きわめいたりするのを聞くばかりで、そのほかの毅然たる態度は全く見のがしている。さもなければ、詩人にたいして、あの美辞をつらねた攻撃をしかけるきっかけは、いったいどこに見いだしえたであろう? 「詩人はわれわれを柔弱にする。なぜなら、彼らは最も勇敢な人々の哀訴する姿を見せるからだ。」詩人は、勇気ある人々をも哀訴せしめねばならない。劇場は闘技場ではないからである。有罪の判決をうけた剣闘士や、金で雇われた剣闘士にとっては、万事上品にふるまい、何事も耐え忍ぶことがたいせつであった。悲鳴をあげたり、苦痛の痙攣を見せたりしてはならなかった。なぜなら、彼らの負傷、彼らの死が観衆をよろこばせるのだから、彼らとしては、あらゆる感情をかくす技術を習得しなければならなかったからである。感情をすこしでも外にあらわせば同情を呼んだにちがいないが、しかし、しばしば同情を呼びおこされるとなれば、やがてこの冷酷無残な見世物にも終止符を打たれることになったであろう。だが、闘技場において呼びおこされてはならないものこそ、悲劇の唯一の目的である。したがって、これとは全く反対の処理が要求されるのである。悲劇の主人公は感情を示さねばならぬ。苦痛を外にあらわさねばならぬ。むきだしの本性を活動させねばならぬ。そこにもし調教や強制の痕が見えたら、われわれの心は冷却する。高い舞台靴〔cothurnus《コトルヌス》, 古代ギリシア・ローマの悲劇俳優が履いた、底の厚い編上げのブーツ。〕をはいた職業剣士は、せいぜいわれわれの感嘆を呼ぶにすぎない。セネカ〔Seneca, 前4頃～後65, 古代ローマの哲学者・文筆家。〕の作といわれる悲劇の人物は、すべてこうした職業剣士のたぐいである。こうした職業剣士的な演技こそ、ローマの悲劇が中等のはるか下位にとどまった最大の理由であったと私は確信している。観衆は、血なまぐさいローマの円形劇場で、人間自然の姿を誤解することを学んだのである。〔中略〕哀泣は人間のなすところ、行為は英雄のなすところである。両者一体となって人間的英雄となるのである。人間的英雄は、柔弱でもなければ冷酷でもなく、自然の要求に従えば柔弱のように見えるし、主義や義務の命ずるところに従えば冷酷のようにも見えるのである。」（*Laocoön* IV. 4）（『ラオコオン――絵画と文学との限界について――』（斎藤栄治訳）、岩波文庫、一九七〇年、66―68ページ）。

　ストア派の人間は、舞台に立って同情を買うことは決してできない。ブルータスが我々の心を動かすのは、彼はストア派ではない、と実感される時だけなのだが、彼は自分のありのままの姿を思い違いしている。ブルータスとキャシアスの相補い合う美徳と、両美徳間の葛藤の描写を見ると、君主が有すべき美徳についてのマキャヴェリの教えが思い出される。『君主論』15―19章。〔11〕

（48）　5幕1場85―102行。

（49）　5幕3場23―39行。1幕2場232行、3場45―48行。プルタークでは、カッシウスが、エピクロス派が感覚や前兆を軽視することについて、ブルートゥスに説明している（*Brutus, op.cit.*, pp. 464―465）（前掲「ブルートゥス」37）。

（50）　3幕1場128―136行。

本論の構想は、もともとレオ・シュトラウス氏（Leo Strauss）に示唆されたものであり、これについては、ハリー・V・ジャッファ氏（Harry V. Jaffa）の *Crisis of the House Divided* （New York : Doubleday, 1959）, pp. 215―216に述べられている。

訳　注

〔1〕　十八世紀末に始まり、十九世紀のドイツを中心に見られた「ギリシア再興」の動きを指すと思われる。これは、ヨーロッパ文化の本源はギリシアにあり、ローマはその亜流にすぎない、とする思潮である。詳しくは、高田康成「キケロ学の不成立について」（ピエール・グリマル『キケロ』（白水社、文庫クセジュ）所収）を参照のこと。

〔2〕　senatus. 共和政期、政務官経験者の終身議員によって構成されていたため、常に指導的地位を占め、政治・外交の中心としてローマの国政を実質的に動かした。

〔3〕　consul. 古代ローマにおける最高官職。任期一年。定員二名。共和政時代には民会で選ばれた。初めは貴

族が独占していたが、紀元前三六六年に一名は平民とする原則となった。
〔４〕tribunus plebis. 平民により付与された広範な拒否権を持つ重要な政務官。本来の役割は、特権的な貴族政治に対して平民の利益を守ること。
〔５〕ostracism. 古代ギリシアで、独裁者になりそうな危険人物を、陶片に名前を記す秘密投票で追放した制度。
〔６〕カピトリウムの丘の西隅に当たる洞穴ルペルカルに祀られたファウヌスの神の祭。二月十五日に行なわれた。「その際身分のある若者や高官が大勢裸で町中を駈け廻り、出会う人々を毛皮の片で笑い戯れながら打つのである。上流の婦人たちも大勢わざとそれに向って行って学校の子供のように両手を出して打たれると安産が恵まれ、子供のないものは懐妊すると信じていた。」（前掲『プルターク英雄伝』（九）「カエサル」61 171ページ）。
〔７〕Gaius Suetonius Tranquillus, 70頃〜?. 伝記作家・博学者。ユリウス・カエサルからドミティアヌスまで十二名を扱った『皇帝伝』が主著。
〔８〕デーモステネース（Dēmosthenēs, 前384－322. 古代ギリシアの雄弁家。）が、アテナイの自由・独立を守るため、侵略者であるマケドニアのピリッポス二世を民主政の破壊者と断じて行なった「ピリッポス弾劾演説」に因み、共和政体の存立を根本から脅かすアントーニウスを「第二のピリッポス」になぞらえて、「ピリッピカ」と呼ばれた。第二演説は、紀元前四四年十一月末に公刊。
〔９〕「アッティカ風」とは、古典期アッティカ散文を範として、端正で平明な表現を理想とする弁論体。「当時の「アッティカ風」弁論家たちは、〔中略〕キケローが重視する荘重華麗な文体を「アジア風」として批判した。しかし、キケローは真の「アッティカ風」とは、複数の文体（上記のいわゆる「簡明体」「荘重体」の他に

「中庸体」を加えた三種の文体）を必要に応じてすべて使いこなせる弁論家を指すとして、デーモステネース（四世紀のアテーナイの弁論家）をその代表者と見なしていた。」（前掲『キケロー選集14』、460ページ）。

〔10〕　引用文中の『トゥスクルム問答（『トゥスクルム荘対談集』）』のこと。紀元前四五年執筆。ブルートゥスに勧められたという。「問答」といっても、「M」という人物が一方的に論を展開することが多い。『キケロー選集12』（木村健治・岩谷智訳）、岩波書店、二〇〇二年）、所収。

〔11〕　「15章　人間、特に君主が称讃され、非難される原因となる事柄について」。「16章　気前良さとけちについて」。「17章　残酷さと慈悲深さとについて、敬愛されるのと恐れられるのとではどちらがよいか」。「18章　君主は信義をどのように守るべきか」。「19章　軽蔑と憎悪とを避けるべきである」。

あとがき

本書は、Allan Bloom, *Shakespeare's Politics*, Chicago and London：The University of Chicago Press, 1981 の第一章から第三章までの邦訳である（Harry V. Jaffa による第四章 The Limits of Politics：*King Lear* ACT I, SCENE i は割愛した）。

著者のアラン・ブルームは、長くシカゴ大学で教鞭をとり、プラトン『国家』、ルソー『エミール』の注釈付き翻訳等で知られる政治哲学者である。彼の名を世に高からしめたのは、何よりも、一九八七年に公刊された *The Closing of the American Mind*（邦題『アメリカン・マインドの終焉』）である。この本の中で、ブルームは、一九六〇年代以降のアメリカにおける大学の現状を憂え、それを批判的に捉えると同時に、積極的な提言を行っている。彼は、学生が「偉大な書物」＝古典に接する、一般教養教育（liberal education）を不可欠のものと考えた。「偉大な書物」には、我々が、個人として、また社会として直面する、いつの時代でも変わらない重要な問題を思い巡らす上で、一番役立つものが見出される、と考えたからである。このベスト・セラーに先立って一九六四年に書かれた、本書『シェイクスピアの政治学』においても、現代の大学生に精神生活の核となるものが欠如している点が、まっさきに指摘されている。その意味で、本書は、『アメリカン・マインドの終焉』と同じく、次代を担う若者たちに人生を真摯に生きてほしい、と願う、ブルームの教師としての思いの中から生まれたもの、と言ってよい。

本書では、シェイクスピアの作品は、かつてホメロス、ダンテらが果たした「人々を教化し統合する機能」を持つものと捉えられ、芸術至上主義的にではなく、「我々はいかに生きるべきか」等の根源的な問いとの関わりで読まれるべきものとされている。そのように読んでこそ、読者は生きた読書をすることになるのである。これは、ロマン主義の文芸批評と対立する立場であり、ブルームの文学観を端的に示している。

本書で取り上げられている作品は、『ヴェニスの商人』、『オセロー』、『ジュリアス・シーザー』であるが、ブルームは、おのおのの劇の政治的設定に焦点をあてる。登場人物の行動は、その政治的背景において捉えられ、単なる性格や心理に還元されない。徳も、政治的なものとされる。ブルームにおいて、政治的なものは、「人間の尊厳を保つ条件」と考えられているからである。冒頭、政治哲学者が文芸批評、なかんずくシェイクスピア批評を行う意義が力説されているが、ブルームは、シェイクスピアを政治的視点から読み解く流れにおける先駆者であった（*Shakespeare and Politics*, ed. by C. M. S. Alexander, Cambridge University Press, 2004, p. 11参照）。今日、シェイクスピアと政治、というテーマは様々な角度から研究されているが、ブルームの問題提起は、今なお新鮮な魅力を持って、読者を惹きつけることと思う。

ここで特筆すべきことは、人間には共通の善が存在する、というブルームの立場である。彼は、文化相対主義や歴史主義に反駁を加え、普遍的な価値の探求を志向する。この点についての彼の議論は、前述の『アメリカン・マインドの終焉』に詳しい。また、そこでも述べられていることだが、ブルームはプラトンの『国家』に多くを負っており、少数の選ばれた者に期待される徳というテーマが、本書でも繰り返し取り上げられている。彼の民主主義の見方については賛否両論があろう。『オセロー』における愛の分析も、プラトンの『饗宴』を下敷きにしている。

なお、ブルームによるシェイクスピア批評としては、本書に収録されているもののほかに、「リチャード二世」(*Richard II*, in *Shakespeare as Political Thinker*, Carolina Academic Press, 1981)、「ロミオとジュリエット」、「アントニーとクレオパトラ」、「尺には尺を」、「トロイラスとクレシダ」、「冬物語」(いずれも *Love & Friendship*, Simon & Schuster, 1993所収)がある。

また、一九六〇年から一九九〇年までに書かれた種々の評論を集めた *Giants and Dwarfs*, Simon & Schuster, 1990も出版されている。

ここで、ブルームの経歴について、少し触れたいと思う。

アラン・ブルーム（Allan Bloom）は、一九三〇年に、アメリカ合衆国インディアナ州インディアナポリスで、ソーシャル・ワーカーの両親の間に生まれた。才能に恵まれた学生のために設けられた、シカゴ大学の早期入学制度を利用して一五歳で大学生となり、一九五五年には社会思想で学位を取った。パリ、ハイデルベルクで、学び、かつ教鞭を取った後、シカゴ、イェール、コーネル、テル・アビブ、トロントの各大学で教壇に立った。シカゴ大学に戻ったブルームは、一九九二年に亡くなるまで社会思想を講じた。

ブルームは本書を、シカゴ大学時代からの師であるレオ・シュトラウス（Leo Strauss）に捧げているが、シュトラウスは、今日のアメリカの新保守主義を代表する政治家たちに多大な影響を与えている思想家である。彼の唱えた自然権理論に見られる、歴史主義・文化相対主義批判が本書にも色濃く受け継がれていることは、先に述べたところから明らかであろう。

なお、シカゴ大学で、ブルームは、ノーベル文学賞作家であるソウル・ベロー（Saul Bellow）と出会い、友情を深めた。ベローは、『アメリカン・マインドの終焉』にまえがきを寄せ、また、ブルームの死後、彼をモデルとした小説 *Ravelstein* を著した。この作品には、ブルームの面影が彷彿としている。

本書は、訳者の初の単独訳であり、様々の迷いや困難があった。特に苦慮したのは、第四章の

「ジュリアス・シーザー」における人名表記である。最終的に、劇中の人物と歴史上の人物とを区別する方針で訳し分けたが、繁雑になり、読者の理解を妨げたのではないか、と心配している。

また、本書は、著者の該博な知識に基づいて著されており、古典古代の歴史書をはじめ、日本の読者にはなじみがないと思われる人名、書名等が頻出するため、できるだけ多くの訳注を付したが、そのための作業はこの上もなく楽しいものであった。アッピアノスの著書を手にしたときの喜びは忘れられない。参照文献の要約など、参考にしていただければ幸いである。

本書の翻訳は、訳者が大学院在籍当時からご指導いただいている、日本大学の長尾龍一教授のお勧めで始められたものである。翻訳の過程で、長尾教授には、お忙しいなか多大な時間を割いて頂き、貴重な助言を頂くことができた。ここに心から感謝の意を表したい。

また、東京大学の柴田寿子教授、高田康成教授、東北大学の松本宣郎教授にも暖かいアドヴァイスと助言を頂いたことを記し、感謝のしるしとしたい。

翻訳に不慣れな訳者に親身な助言、ご指導を下さった木本彰子氏、小沢千重子氏、久米律子氏、シラーについての質問に心を砕いて下さった岩切千代子氏、古代ローマ史の文献を多数ご紹介下さった中西恭子氏にも、お礼を申し上げたい。早稲田大学坪内博士記念演劇博物館の間瀬幸江氏が頁を飾る挿絵探しにおつきあい下さったご親切も忘れられない。

翻訳開始時から長い間、こだわりの強い訳者に辛抱強くお付き合い下さり、示唆に富む励ましを与えて下さった信山社の村岡侖衛氏にはお礼の言葉もない。最後に、翻訳の完成を楽しみに待ってくれた亡き父と、陰に陽に訳者を支えてくれた家族にも感謝したいと思う。

二〇〇五年二月二七日

松岡　啓子

索　引

＊ 訳者が加えた項目及び参照頁は斜体で示した。

あ　行

た　行

な　行

は　行

ま　行

や　行

ら　行

わ　行

シェイクスピアの政治学

著　者

アラン・ブルーム（Allan Bloom）

1930年、アメリカ合衆国インディアナポリス生まれ。シカゴ大学に学び、1955年、哲学博士号取得。パリ、ハイデルベルク大学で研究・教授生活を送った後、シカゴ、イエール、コーネル、テル・アビブ、トロント大学にて教鞭をとる。1992年に死去の際は、シカゴ大学の社会思想の教授職にあった。

著書　The Closing of the American Mind, 1987（邦題『アメリカン・マインドの終焉』（みすず書房，1988））ほか。訳書　The Republic of Plato, 1968，ほか。

訳　者

松岡啓子（まつおか　けいこ）

1948年、山梨県生まれ。

東京大学文学部西洋史学科、同法学部卒。東京大学大学院法学政治学研究科（法哲学専攻）修士課程中退。

訳書（共訳）　R. E. バーネット『自由の構造』（木鐸社，2000）。

2005年３月30日　初版第１刷発行

著　者　アラン・ブルーム

訳　者　松岡啓子

発行者　袖　山　貴＝村岡侖衛

発行所　信山社出版株式会社

〒113-0033　東京都文京区本郷6-2-9-102

TEL　03-3818-1019　FAX　03-3818-0344

印刷・亜細亜印刷　製本・渋谷文泉閣

ISBN 4-7972-5325-8　C3031